シャーロック・ホームズからの言葉

名せりふで読むホームズ全作品

諸兄《もろえ》 邦香《くにか》

研究社

はじめに

たびたび同じご質問をいただいている。「犯人も知っている。結末も知っている。それなのにどうして、シャーロック・ホームズをくり返し読んでいるのですか」と。そこで、かようにお答えしている。「ホームズに会いたいからですよ。いや、もっと正確にはホームズの声が聞きたいからですよ」と。

そのときの気分で読みたい作品も変わる。読みたい箇所も変わる。原書を読みたいときもあれば、翻訳書を読みたいときもある。しばらく間を置いてから読み返せば、解釈が変わることもあるので飽きることがない。しかし、やはり泣かせるのはホームズの言葉である。困難に直面したとき、「窮地を脱するには気力あるのみだ『オレンジの種五つ』(第三章)」と、思わず唱えるようになれば、これはもうシャーロッキアンというものだ。

ホームズが活躍したのは、おおむね一八八〇年代から一九〇〇年代の初頭。ちょうどイギリス社会が近代から現代に移行する時期だった。伝統的な価値観が廃れ、貧富の差が拡大し、世の中には「煩悶と悲嘆と哀願の声『赤い輪』(第八章)」が満ちあふれた。頻発する戦争と慢性的な不景気の中、人々は斜陽化しつつあった大英帝国に、漠然とした不安を抱いていた。いわば、確たる将来が見えない自信喪失の時代だった。

このような状況下、コナン・ドイル(複合姓を略してドイル)はホームズの言葉に、生きるのに必要な知恵と勇気、さらには他者に対する寛容や博愛の精神を織り込むことで、人々の煩悶と悲嘆と哀願の声に応えようとした様子がうかがわれる。ドイルの人生は、決して順風満帆なものではなかった。むしろ悩み多き人生だったといってよい。彼は時代を直視した。そして、自らを見失うまいと、時代という荒波の中で懸命にもがいた。そのドイルと苦悩を共有し、よき理解者となったのが、ほかならぬホームズだった。彼は創作中の人物として、世界で最も頭脳明晰なだけではない。家庭にしばられることもなく自由闊達。自己の信条に忠実で、大地主の息子だという気概からか、貴族や億万長者にもへつらわない。好きな探偵稼業で成功し、国際的な名声を得た上に財産家となったホームズは、ある意味で理想的な生き方のひとつを体現したともいえる。

今や私たちも、現代から新現代への移行期に差しかかった。ホームズの時代と同じく、確たる将来が見えない自信喪失の時代である。必ずやホームズは古びたブライア材のパイプを片手に、あのガス灯が照らすベーカー街の下宿の居間から、あらためて私たちになにかを語りかけることだろう。そこで本書には、全六十作から抜き出した、教示的で心に響く名言を採録することにした。したがって、有名なれども、新現代的な要素に乏しいと思われるもの、例えば「あなたはアフガニスタンにいましたね『緋色の研究』（第一章）」「あの夜、犬について奇妙なことがあったでしょう『白銀号』（第四章）」「獲物が飛び出した『アベイ農園』（第六章）」「用がなければすぐに来い、用があっても同じく来い『はう男』（第九章）」などは除外した。原文は文単位で採録し、訳文を対照させたが、あまりにも長すぎるものは、やむなく一部を割愛した。また、見出しの文は暗記しやすいように、不要な語句を削ったり、語調を整えたりするなど、名言風の翻訳を心がけたので、必ずしも原文に忠実な訳文にはなっていない。ただし、ホームズの探偵談の大部分は、いわゆる本格ミステリーと小説の構成が異なり、誰が犯人なのかはあまり重要でない。**そのため、解説文中に事件の結末を記しておいたが、そこは**

ご容赦いただけたらと思っている。

さて、それではそろそろ、ホームズの言葉を聞きにゆこう。彼には「こちら様のように思慮分別があり、世事に長けた方のご意見がうかがいたいのです『黄色い顔』（第四章）」と、申し入れてみることにするか……。

二〇一〇年九月
諸兄《もろえ》　邦香《くにか》

現代人が抱くホームズの外見のイメージはストランド誌掲載時に画家シドニー・パジェットが描いたイラストによるところが大きい。これは一九〇四年にパジェットが描いたホームズの肖像。本書でも切手を除くイラストはすべてパジェットのもの。

目次

第六章 『シャーロック・ホームズの帰還』（短編集）

第七章『恐怖の谷』

「誰もが小さな不滅の火花を内に秘めている」

二十代で作家デビューして以来苦節十年、不遇の時代を乗り越えて流行作家となった三十代半ばのドイル（五五頁、九二頁も参照）

序章 人は誰もが小さな不滅の火花を、自分の内に秘めている。

ロンドンを脱出しようとする殺人強盗犯が乗った快速艇を、テームズ川の対岸で待ち伏せしていたとき、勤め先の船舶ドックから帰る人々の集団を見て、ホームズがワトソンに、「誰もが小さな不滅の火花を、自分の内に秘めているのだろう」と語った。この「小さな不滅の火花（some little immortal spark）」は、生命や愛情だと解釈してもかまわないが、作品中では人に内在する可能性を意味している。

ホームズが目にしたのは、明日への展望が開けぬ貧しい労働者たちだった。実はドイルもまた同様。開業医で小説家といえば、いかにも優雅そうだが、医業も作家業もままならず、妻ルイーザが相続した不動産からの収入を、食いつぶすという日々だった。

かようなドイルにも、ようやくチャンスがめぐってきた。小説の投稿をはじめて十年。ついに雑誌社から執筆を依頼されたのだ。この編集者との顔合わせの席で、彼はオスカー・ワイルドを紹介される。ワイルドといえば、ドイルと同じく、当時のイギリスで社会的に冷遇されていたアイルランド系ながらも、貴族のように富裕な家に生まれ、オックスフォード大学の首席文学士で、天才詩人と評されていた人物である。ワイルドとの競作など、まさに舞い上がるような気分だったことだろう。比較されて、恥をかくことになるかもしれなかった。しかし、ドイルは自らの可能性を信じて疑わなかった。

ワイルドには憧れつつも、ドイルは対抗心を燃やしたらしく、『四人の署名』には彼を強く意識したものがうかがわれる。そして、いよいよ佳境に入るところで、ドイルはあらためてワイルドに思いをはせたのかもしれない。船舶ドックの労働者がドイルの分身ならば、彼らが将来的に飛躍する可能性に言及したホームズも、またドイルの分身だった。

「どうだい、ワイルド。ぼくだって、なかなかのものだろうが……」

ドイルの思いが伝わってくるようである。かくして彼が小さな不滅の火花を炸裂させた快速艇の追跡戦は、ホームズのシリーズ中でも屈指の名場面となった。ちなみに、ワイルドが『四人の署名』にぶつけてきたのは、あの『ドリアン・グレーの肖像』である。

"Dirty-looking rascals, but I suppose every one has some little immortal spark concealed about him."

「汚いなりをしたごろつきさんたちだが、誰もが小さな不滅の火花を、自分の内に秘めているのだろうね」
『四人の署名（本書第二章も参照）』第十章《島人の最期》

ホームズに扮し手にパイプを持ったアメリカの俳優ウィリアム・ジレット。パジェットのイラストと共に、彼の役作りもホームズのイメージの原型となった（一〇二頁参照）。

第一章

『緋色の研究』

A Study in Scarlet

（1887年発表、1888年刊、長編）

第一部 元陸軍軍医ジョン・H・ワトソン医学博士の回想録からの再掲
(Being a Reprint from the Reminiscences of John H. Watson, M.D., Late of the Army Medical Department)

ホームズとワトソンが、ベーカー街の下宿で共同生活をはじめた。市内の空き家では、アメリカ人の旅行者が変死。現場には復讐を意味するドイツ語の血文字が残されていた。毒殺事件と推理したホームズは、被害者の過去を調べることにした。

第二部 聖者たちの国
(The Country of the Saints)

第一部で逮捕された殺人犯が、犯行の動機を三人称で語る。モルモン教会が異端者を私的に抹殺するくだりは、創作小説ということで許容されている。

お互いの欠点を知っておくのがよい。

第二次アフガン戦争で負傷し、インドで腸チフスを患い、九死に一生を得たワトソンがロンドンに戻ってきた。気ままな生活を続けるうちに所持金が乏しくなり、下宿代を折半する同居人を捜していたところ、ホームズを紹介された。しかし、なにぶんにも初対面とあって、ホームズは一緒に暮らせる相手かどうか、まずはあいさつがてらに、「最も悪い部分を互いに知っておくのがよいでしょう」と、もちかけた。

一般論としては、初対面の相手に好印象を与えたいのが人情だ。ただし、ホームズとワトソンの場合は逆。強いたばこを吸うとか、気分屋だとか、怒りっぽいとか、生活時間が不規則だとか、自らの欠点を打ち明けた上で、それらが気にならないかどうかを確め合った。あとで「こんなやつだとは思わなかった」と、けんか別れしないためである。

その人のもつ美徳だけに目をとめれば、誰もが文句なしの好人物だろう。しかるに欠点のない人はいない。本人にとっては些細なことでも、他人には我慢ならないということもあるはずだ。喫煙などは、まさのその典型。多少の抑制は必要なれども、自らの欠点を隠すのがあまりに辛い場合には、交遊を打ち切った方がよいのかもしれない。

一緒に長く暮らせるかどうかは、その人の美徳に魅かれるよりも、欠点を容認できるかにかかっていることを、ホームズは知っていた。実はドイルも二十代半ばのとき、大学の同級生だったバッドと、プリマスの医院で共同生活を営み、わずか一ヶ月あまりで不幸な別れ方をしたことがある。バッドも悪い人物ではなかったが、虚言癖があったり、正気とは思えないような方法で患者を診療したりするなど、ドイルには容認できない欠点が多すぎたのだ。

これが結婚となれば、さらに話は深刻だ。恋愛中は申し分のない人だったのに、結婚したら性格の不一致にはじまって、家庭内で暴力をふるったり、金銭にだらしなかったりして、離婚やむなしという事態に陥ることもある。

> "It's just as well for two fellows to know the worst one another before they begin to live together."
>
> 「二人の者が一緒に暮らそうとする前に、最も悪い部分を互いに知っておくのがよいでしょう」
>
> 第一部 第一章《シャーロック・ホームズ氏》

ぼくほどよく勉強し、才能に恵まれた者はいない。

初対面の場でホームズが口にしたのが、あの有名な「はじめまして、あなたはアフガニスタンにいましたね」というあいさつ文句だった。経歴をいい当てられたときに、ワトソンは驚きつつも、ホームズが誰かに聞いたのだろうと思っていた。ところが、ホームズによれば、ワトソンを観察するに、軍人の雰囲気を漂わせた医者だから軍医で、顔は黒いが手首が白いから熱帯帰り。顔がやつれているから辛苦をなめた上に病気をした。左腕の動かし方がぎこちなくて不自然なのは、そこをけがしているからだということで、第二次アフガン戦争からの帰還者だとわかったのだという。その説明に感心したワトソンが、ホームズを小説中の名探偵になぞらえてみたところ、彼はきわめて不満そうだった。そして、「ぼくほどよく勉強し、才能に恵まれていた者は、過去にも現在にもいない」と、探偵稼業で有名になれるだけの頭脳があるのに、役立てる機会がないことを嘆いてみせた。

この「勉強（study）」には、努力という意味がある。ホームズの頭脳は単に卓越した天賦の才能に依るのみならず、勉強の積み重ねという努力に裏打ちされたものだった。まだホームズの探偵としての力量を、あまりよく知らなかったワトソンは、彼の自信過剰ぶりにあきれてしまったが、これは慢心でも自惚れでもなかった。才能とは磨いてこそ光るもの。実際に勉強してみなければ、その分野に才能や適性があるのかは、本人でもわからない。やはりホームズにしてもまずは勉強だったのだ。

直感的に「なにか人にない才能があるはずだ」と、自らの才能を漠然と信じるのは危なっかしい。しかし、研鑽の結果、特定の分野に才能を見出したのならば、ホームズのように思い切ってその才能というものを信じてみるのがよい。『緋色の研究』で、ホームズは「天才とは際限なく努力できる者のことだ」と、刑事たちに述べているが、これは十九世紀イギリスの文学者、トマス・カーライルの言葉をもじったものだと解釈されている。

"No man lives or has ever lived who has brought the same amount of study and of natural talent to the detection of crime which I have done."

「犯罪の捜査について、ぼくほどよく勉強し、才能に恵まれていた者は、過去にも現在にもいない」

第一部第二章《推理学》

自分の失敗を語るのに躊躇はしない。

空き家でアメリカ人の旅行者ドレッバーが変死した。どうやら殺人事件であるらしい。応援を求められたホームズが、ワトソンを連れて現場に急行した。しかし、レストレード刑事やグレグソン刑事は、手がかりがなにもないという。調べてみると、犯行現場には女ものの結婚指輪のほか、復讐を意味するドイツ語の血文字が残されていた。さらにホームズは死体を発見した巡査から、泥酔した男が付近を通りかかったことを聞き出した。

ホームズによれば、犯人は指輪をなくしたことに気がついて戻ってきたが、すでに巡査が張り込んでいたため、とっさに泥酔者のふりをして、ごまかそうとしたにちがいないという。指輪の持ち主を捜す新聞広告を出せば、犯人かその仲間をおびき寄せられるはずだと、ホームズがワトソンに計画を打ち明けた。

下宿を訪ねてきたのは、娘が指輪をなくしたという老婆だった。ホームズはその帰りを尾行し、彼女が乗った馬車の後ろにしがみついたものの、いつの間にやら、車内はもぬけの殻になっていた。老婆が途中で車外に跳び下りてしまったらしい。朗報を期待して眠らずに待っていたワトソンに、手ぶらで戻ってきたホームズが、「自分に不利なことを語るのに躊躇はしない」と、大笑いしながら顛末を語った。

手柄話というか、自分の成功談を語るのは楽しいものである。まして聞いた人が世辞抜きで感心してくれれば、なおさらだ。ただし、手柄話も度が過ぎれば嫌味となり、反感を抱かれてしまうこともあるので、苦労話からはじめて自慢話で終わるというのが、まずは無難なところだろうか。このあたりはホームズにしても、またしかり。もともとワトソンは聞き上手だったたし、ホームズの探偵談を小説化するようになってからは、題材となる話をせがむようになっていた。

しかし、実はホームズ、どんなにつまらない失敗をしても、評価が下がらないことを自覚していたからなのか、少なくともワトソンに対しては、自らの失敗を隠そうとはしなかった。そして、そのようなときでも、ワトソンがホームズを侮ることはなかった。なんら弁解らしい弁解もせず、自らの失敗を語っていたホームズは、やはり大物だったといえようか。もっとも、いつも失敗ばかりでは、いささか情けないが……。

“Oh, I don’t mind telling a story against myself.”

「まあね、自分に不利なことを語るのに躊躇はしない」

第一部第五章《広告が呼んだ訪問者》

事実が一貫した推理に合致しないときには、必然的に他の解釈が可能だということだ。

レストレード刑事はドレッバーの秘書スタンガソンの足取りを追っていた。ところが、そのスタンガソンも滞在先のホテルで刺殺されてしまう。死体の上に残されていた血文字からして、同一人物の犯行であることは明らかだった。室内で発見された小箱には、ふたつの丸薬が入っていた。そのひとつをふたつに割り、瀕死の犬に飲ませてみたものの、なんの兆候も現れなかった。読みがはずれて、ホームズは癇癪を起こしかけたが、残りのひとつをふたつに割って飲ませたら、今度はたちまちにして犬が死んでしまった。「事実が一貫した推理に合致しないときには、必然的に他の解釈が可能だということを、もっと早く知るべきでした」と、しかるべき事態に得心したホームズが、刑事たちに解説をはじめた。

最初からホームズは、第一の殺人が毒物によるものだと確信していた。そこへ第二の殺人現場で発見された丸薬だ。これこそが犯行に用いられた毒物にちがいない。ここまでは推理が一貫している。しかし、犬は無事だという事実が、彼の推理に合致しなかった。そこで他の解釈、すなわち小箱には有毒な丸薬の他に、無毒な丸薬も入っていたという解釈が可能になったのである。

自信をもって判断したのに、はずれてしまった。判断が誤っていたはずはない。なぜなのか。ホームズでも困惑することがある。失敗と思われたことでも、わずかな軌道修正で成功に転じることがある。ふたつ目の丸薬には毒物が混ざっていたという新事実に、「もっと自信を持つべきだった」と、ホームズは自戒の念を込めて語っている。

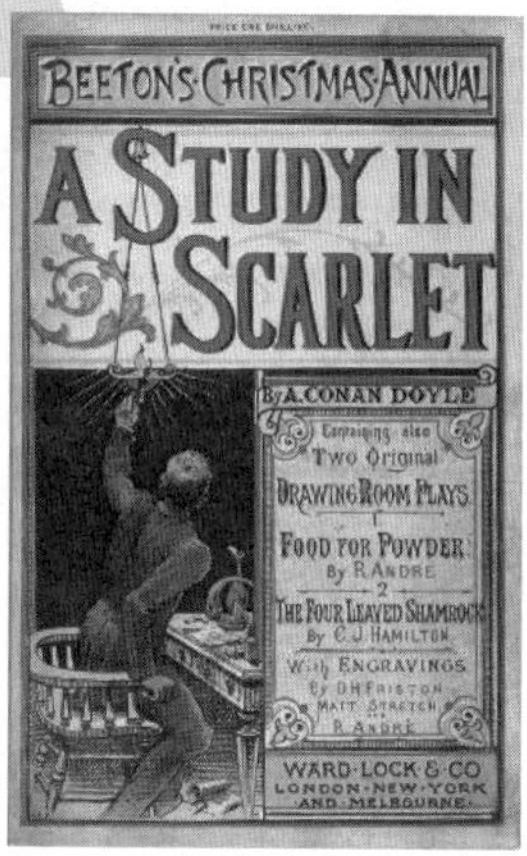

一八八七年に最初のホームズ作品『緋色の研究』が掲載された年刊誌ビートンズ・クリスマス・アニュアルの表紙。この時は全然人気が出なかった。

> "I ought to know by this time that when a fact appears to be opposed to a long train of deductions, it invariably proves to be capable of bearing some other interpretation."
>
> 「事実が一貫した推理に合致しないときには、必然的に他の解釈が可能だとということを、もっと早く知るべきでした」
>
> 第一部第七章《暗中の光明》

不思議なことと、不可解なことを混同するのは誤りである。

ドレッバーが殺害されたのは、長らく空き家となっていたところだったから、貴重品であるはずの結婚指輪が落ちているはずはない。また、犯人がすぐに逃走せず、わざわざ復讐を意味する血文字を残すために、危険を承知で犯行現場にとどまるはずはない。これらは誰にとっても、不思議なことだった。刑事たちにはこの不思議なことが、不可解なことだったので、あえて調べようとはしなかった。しかし、ホームズにはそれが不可解なことではなく、むしろ事件の解決を容易にする手がかりになったのだ。そこで「不思議なことと、不可解なことを混同するのは誤りです」と、刑事たちに持論を述べた。

ここは翻訳の難所。この「不思議なこと (strangeness)」は、奇妙なことを意味しており、見慣れないものや聞き慣れないものに対して、人々が抱くような感覚を指している。つまり、結婚指輪のことと血文字のことは、ホームズにとっても刑事たちにとっても、不思議なことだった。

一方の「不可解なこと (mystery)」は、説明したり解決したりするのが不可能なことを意味している。それゆえに、ホームズにとっては不可解なことだったが、刑事たちにとっては不可解なことではなかったという相違が生じたのである。換言すれば、不思議なことは誰にとっても奇妙なこと、そして、不可解なことは特定の人にとって理解不能なことだといえようか。

例えば数学の帰納証明である。かような証明方法が存在することを初めて聞いたときには、誰にとっても不思議なことだったはずだ。しかし、なにゆえにこれをもって証明がなされたと結論できるのか、理解できた人にとっては不可解なことでなくなるし、理解できなかった人にとっては、不可解なことのままになってしまう。

『緋色の研究』で、ホームズたちが空き家を現場検証する第一部第三章は、《ローリストン・ガーデンの謎（The Lauriston Garden Mystery）》と題されている。これは刑事たちにとって「不可解なこと（Mystery）」だったと解釈すれば、ホームズの言葉とは矛盾しない。また、『ボスコム谷（The Boscombe Valley Mystery）』（第三章）では、ホームズは真相を究明したが、世間的には殺人事件が未解決に終わったことになっているので、これもホームズを除く人々にとって「不可解なこと（Mystery）」だったといえる。

"It is a mistake to confound strangeness with mystery."

「不思議なことと、不可解なことを混同するのは誤りです」

第一部第七章《暗中の光明》

世の中、実際になにをしたのかではなく、なにかをしたと皆に信じてもらうことが重要だ。

殺人犯は、その昔、アメリカでドレッバーとスタンガソンたちに、婚約者ルーシーの一家を亡き者にされ、復讐の機会をうかがっていたホープだった。ホームズは配下のウィギンズ少年が下宿におびき寄せたホープを、レストレード刑事とグレグソン刑事に逮捕させた。しかし、すべてを告白したホープは、その日の夜に動脈瘤が破裂して独房で死亡。新聞は刑事たちの功績を讃えたが、ホームズの活躍については、付け足し程度に報じただけだった。あの二人は犯人逮捕にほとんど貢献していないというワトソンに、「世の中、実際になにをしたのかは重要ではない」と前置きしたホームズが、「なにかをしたと皆に信じてもらえるかが問題なのではないのかい。気にすることはないさ」と応じた。

ホームズとて評価されれば、やはり嬉しいものだった。当時のホームズは、まだ収入に恵まれない、無名のコンサルティング探偵という設定だったので、功名心の固まりのような人物に描かれていた面もある。ドイルが『緋色の研究』の版権を無期限で買い取られたことを当てこすり、この事件ではあまり儲からなかったことを、後にホームズは『マスグレーブ家の儀式』（第四章）で語っている。要は社会的にも金銭的にも、正当に評価されていなかったのだ。そうかといって、なにもしていないのに、なにかをしたかのように吹聴して、一時的な評価を勝ち得たところで、ぼろが出たときには辛いことになる。現にレストレードは警部に昇進してからも、たびたびホームズに頼らざるを得なかったほどである。やはりホームズの言葉は反語として解釈したい。

往々にして正当な評価とは、その人にとって好都合な評価を意味しており、必ずしも客観的な評価とは一致しない。そもそも正当に評価されることがあるのかどうかも、かなりあやしいものがある。不本意な評価しか得られなかったときでも、自信をなくしたり、他人を恨んだりはせず、最後は「気にしなくていいさ」ですませるのが、ホームズの流儀だった。

“The question is, what can you make people believe that you have done?”

「なにかをしたと皆に信じてもらえるかが問題なのではないのかい」

第二部第七章《結末》

一九九三年に『最後の事件』（一二〇頁）から百周年を記念して英国で発行された五枚組みホームズ切手のうち『ライゲートの大地主』（九八頁）より被害者の持っていた紙片を調べるホームズとワトソンの姿。ホームズの趣味であったバイオリンも描かれている。なお、この五枚には遊び心でドイル（DOYLE）の五文字が一つずつ小さく描きこまれており、ここではワトソンの右肩（向かって左）のすぐ横の本棚に見えるやや厚い本の背にEの字がある（一三六頁も参照）。

第二章

『四人の署名』

The Sign of Four

（1890年発表、1890年刊、長編）

ショルトー少佐が莫大な財宝を持ってインドから帰国した。彼の死後、息子のバーソロミューが殺害され、財宝も盗まれてしまう。犯人は義足の男と、子供のように小柄な者の二人組らしい。クレオソートのにおいをたどったところ、犯人たちの足取りはテームズ川の桟橋で途切れていた。彼らが船宿で快速艇を雇ったことを突き止めるが、行方は杳として知れなかった。（本書序章も参照）

仕事それ自体、すなわち自分の特殊な能力を発揮する場を得る喜びこそが、最高の報酬だ。

当初、ホームズは世界で唯一のコンサルティング探偵という設定だった。すなわち警察や他の私立探偵の捜査活動を脇から支援する探偵だ。したがって、事件を解決してもホームズの手柄にはならず、ある意味では損な役回りの黒子だったが、彼は自らの仕事をつまらないものだとは思っていなかった。王侯貴族や億万長者から直接に依頼された場合を除けば、金銭的な報酬も知れていた。しかし、「仕事それ自体、すなわち自分の特殊な能力を発揮する場を得る喜びこそが、最高の報酬だ」と、ワトソンに自らの職業観を語った。報酬よりも、探偵としての能力を発揮できる難事件が託されることを望んでいたのだ。

ホームズは「仕事（work）」と「労働（labour）」と「義務（business）」、さらには「商売（trade）」を明確に使い分けていた。特に英語では「仕事（work）」と「労働（labour）」の概念そのものが異なっている。わかりやすい例は王様だ。王様にも公務という仕事があり、その意味で王様は働いているのだが、労働はしていない。ホームズも同様。彼にとっての探偵活動は仕事なのであって、労働だと口にしたことは一度もなかった。また、ホームズは探偵学を芸術に擬したこともあり、探偵活動をして事件解決という「作品（work）」を完成させる仕事だと認識していたともいえる。『四人の署名』で、ホームズは「怠けているとくたくたに疲れてしまうのに、仕事で疲れを感じたことは一度もない」とも述べている。仕事を労働だと思わないから、働くことが苦にならない。世の中、たとえ実態は労働であっても、それを仕事だと発想を転換するくらいの心がけが必要なのかもしれない。

ホームズの職業観は、そのままドイルの職業観だった。営利目的の作家とはいえ、ドイルはそれまで落胆することの方が多い投稿生活を余儀なくされていた。しかるに単行本の『マイカー・クラーク』がそこそこに売れ、はじめて雑誌社の依頼を受けて書き上げたのが、この『四人の署名』だった。ドイルは報酬もさることながら、作家として執筆の機会を提供された喜びを噛みしめていたにちがいない。

> "The work itself, the pleasure of finding a field for my peculiar powers, is my highest reward."
>
> 「仕事それ自体、すなわち自分の特殊な能力を発揮する場を得る喜びこそが、最高の報酬だ」
>
> 第一章《推理学》

ぼくは憶測でものをいわないことにしている。

ワトソンが最近になって入手した時計をホームズに渡し、前所有者の性格や生活習慣を推理できるのかどうかを試してみた。するとホームズは、それがワトソンの亡兄の持ち物だったとか、彼がだらしない人物で身上をつぶしたとか、酒飲みだったとか、次々に当ててみせた。ワトソンは、ホームズが亡兄のことを、こっそり調べていたのかと誤解して憤慨。しかし、なにも知らなかったという釈明を聞くに及び、今度はたまたま憶測が的中しただけなのかと早合点した。そこでホームズは「ぼくは憶測でものをいわないことにしている」と、いかなる推理を踏まえた結論なのかを、ワトソンに解説した。

この「憶測（guess）」とは、当てずっぽうのこと。論理的な考察を重ねた結果、最後は憶測によって結論を導いた場合、それが当てずっぽうであることは、容易に認識できるので問題はない。しかし、考察の途中で憶測が混ざった場合は要注意。その後は、いかに論理的な考察を重ねても、すでに論理性が失われているから、結論はすべて当てずっぽうになる。こちらはあまり自覚されないこともあるだろう。もしもホームズが憶測に基づいて推理したのならば、たとえ結論が正しくとも、ワトソンを感心させられなかったにちがいない。ホームズが懸念した「論理的な思考力の破壊」とは、かくのごときものである。

ホームズが推理の流れについて解説するとき、話がいくら長くなっても、聞く者を混乱させることがない。途中から、わけがわからなくなったということはないはずだ。これは結論を導く過程にこじつけめいた部分がなく、全体の説得力や整合性が損なわれていないからである。逆にホームズが自らの禁を破って憶測を混ぜてしまったのが、あの『黄色い顔』(第四章)の失敗談。彼は依頼人マンローの妻エフィーが、死別したはずの前夫に脅迫されていると考えた。確かに前夫が存命ならば、脅迫の可能性も不合理ではない。しかし、そこでは前夫が生きているという前提が、論理的な考察に依らない憶測になっていた。表現は「憶測(guess)」と異なれど、ワトソンが「推測(surmise)」と評したとおりである。

“No, no: I never guess. It is a shocking habit—destructive to the logical faculty.”

「ちがう、ちがう、ぼくは憶測でものをいわないことにしている。あれはとんでもない悪習でね、論理的な思考力を破壊することになる」

第一章《推理学》

能力を発揮する場がないのに、どうやって能力を活用するのかい。

　ワトソンは時計に関する推理を聞き、ホームズの探偵力を再認識した。そして、手持ちの仕事がないのかと訊いてみた。しかし、ホームズは自らが乗り出すような難事件がなく、「どうやって能力を発揮するのかい、能力を活用する場がないのにさ」と、コカイン注射で気をまぎらわしていた。

　ホームズの最大の弱点は、自分で仕事をつくったり、捜したりできないことだった。もしも事件をでっち上げて、それを解決したら、ただの人騒がせなマッチ・ポンプになってしまう。なにか事件はないかと、街中をうろつくのも妙な話だ。探偵としての卓越した能力を発揮するには、依頼人が来るのをひたすら待つしかなかったのだ。

　頭を働かす機会がなければ、ぼくは生きてゆけない。それ以外に人生の目的はない。犯罪は平凡でつまらない。人生もまたしかりだ。こんな世の中では、いかなる資質も平凡なものしか役に立たないんだ……。

　かようにホームズの嘆き節が続いている。

　ホームズは、『ぶな屋敷』（第三章）では仕事が退化したと語り、『ノーウッドの建築士』（第六章）では自らを失業中だと称している。また、『ライゲートの大地主』（第四章）は、ワトソンが激務で倒れたホームズを転地療養させるべく、サリー州の田園地帯に連れてゆくという設定になっている。しかし、ここでも事件が舞い込み、警察に助力を求められてしまうのだが、ホームズにはこれが恰好の気晴らしになり、「田舎で休養したのは大成功だった。明日はすっかり元気になってベーカー街に帰れそうだね」という具合だった。

その点、おおかたの読者は幸せだった。勤めていようが、自営だろうが、手持ち無沙汰になったとき、だらだらするのに飽きたら、ホームズとは異なり、仕事をつくったり、捜したりして、各人の能力を発揮する場を得られるからである。「仕事が忙しいのはよいことだ」というのは、過労死寸前の労働者による自虐趣味的な反語ではない。暇をもてあますよりも、仕事が忙しい方がよいというのが、ホームズの本音だったのだ。

“What is the use of having powers, Doctor, when one has no field upon which to exert them?”

「どうやって能力を発揮するのかい、医学博士さん。能力を活用する場がないのにさ」

第一章《推理学》

最も重要なのは、個人的な特質に惑わされて判断を誤らせないことだ。

依頼人のメアリー・モースタンは、うっとりするほどの美人だった。なんて魅力的な女性だろうと、一目ぼれして浮かれたワトソンを、「最も重要なのは、個人的な特質に惑わされて判断を誤らせないことだよ」と、ホームズが戒めた。ホームズにとって、依頼人とは感情を移入する対象ではなく、事件を構成するひとつの単位か要素にすぎなかった。

ここでの「個人的な特質（personal qualities）」とは、その人の外観や立ち居振る舞いがもたらす第一印象を意味している。メアリーに関するワトソンの描写はといえば、ブロンドで小柄で華奢、衣服の趣味が上品、顔は愛らしく気がよさそう、大きな青い目には思いやりがあってと、彼女の特質に感情を混じえた向きが否めない。確かに第一印象は大切だし、相手の第一印象に左右されて好悪の感情を抱くこともある。しかし、ホームズによれば、これまでに見てきた中で、最も愛嬌があるように思えたのは、保険金目当てに三人の幼児を毒殺して絞首刑に処された女性。そして、最も虫が好かなかったのは、ロンドンの貧民救済に莫大な金額を寄付した慈善家だったという。つまり個人的な特質から受けた印象が、人物とは一致しなかったことになる。

問題なのは、ホームズが好感を抱いた毒殺魔のように、実の伴わない人が、魅力的な人物に見せかける技量に長けている場合。初対面の相手に好印象を抱かせる手法は、オリエントの昔から徹底的に研究されている。現在でもこの種の解説本は数知れず、個人教授や講習会も花盛りである。たとえ申し分なさそうな人物でも、結婚するまでにしばらく交際してみたり、採用するまでに面接をくり返したりするのは、第一印象に惑わされていないかを確かめたいからだ。それだけ、うわべを取り繕うのは容易なので、むしろホームズとしては、第一印象のよい人には要注意だったのかもしれない。

バイオリンを弾くホームズ

"It is of the first importance," he cried, "not to allow your judgment to be biased by personal qualities."

「最も重要なのは」と、彼は叫んだ。「個人的な特質に惑わされて判断を誤らせないことだよ」

第二章《事件についての話》

ぼくは例外をもうけない。

メアリーに関連して、毒殺魔の話を持ち出されたワトソンは、彼女の場合は事情が異なると、不満そうだった。しかし、ホームズは、そんな彼の心情を顧みようとせず、「ぼくは例外をもうけない」と、メアリーにあてた手紙の筆跡から、差出人の性格を分析しはじめた。メアリーは幼い頃に母親を亡くし、十年前に任地のアンダマン島から帰国してきたはずの父モースタン大尉が行方不明となってからは、住み込みの家庭教師の職を得て慎ましく暮らしていた。それが五年前から年に一度、謎の人物から高価な真珠が届くようになり、今度は彼女のために正義を実行したいという呼び出し状が寄せられていた。

ここでは「例外（exception）」と「法則（rule）」について、ホームズが持論を展開している。「例外のない規則はない」という皮肉めいた格言が存在するが、論理学や自然科学における公理や法則には例外がない。例えば「金はいかなる物質にも化学反応しない」という命題は、常識論としては正しいものの、王水という例外が存在するので、自然科学的な論証に照らせば誤りとなる。同様に「哺乳類は胎生である」という命題も、カモノハシという例外の存在によって否定されるから、単なる一般論にすぎなくなる。むしろ例外が存在するものは、公理や法則として認めないという考え方である。

　そのようにめぐらせば、ホームズの手法はきわめて論理学的または自然科学的だといえる。ところが、実社会における法則は例外だらけ。その典型が税法だ。いったいどれだけの特例が存在するのか、見当もつかない。なにぶんにも税負担は公平が第一。しかも、ありとあらゆる事情に配慮した上で、すべては公平たるべしという原則に従っている。規則を作成したり、適用したりするときには、このあたりに注意すべきだろう。税法を例に挙げるまでもなく、すべての例外を成文化することは実務的に不可能だ。そうかといって、これも例外、あれも例外では、適用が恣意的だと誤解され、規則そのものが信用されなくなってしまう。『高名な依頼人』（第九章）で、ワトソンは「目的が正義にかない、かつ、依頼人が高名な人物である場合には、厳格なイギリスの法律も、人道的かつ弾力的に適用されるのだ」と、例外を認める要件について記している。

“I never make exceptions. An exception disproves the rule.”

「ぼくは例外をもうけない。ひとつでも例外を認めると、法則を否定することになる」
第二章《事件についての話》

この事件はすでに解決したも同然だが、自信過剰で失敗するのは禁物だ。

メアリーを呼び出したのは、アンダマン島でモースタン大尉の同僚だった故ショルトー少佐の息子サディアスだった。その昔、ショルトー少佐がインドから持ち帰った財宝の分配をめぐり、口論の末にモースタン大尉は憤死。少佐は彼の死を隠して、財宝を独り占めしてしまった。やがて少佐が亡くなり、サディアスは財宝の中から、メアリーに真珠を贈ることにした。そして、今やメアリーも含めて財宝を分けるときだと、サディアスは兄バーソロミューが住むポンディチェリー荘にホームズ一行を案内した。

そのポンディチェリー荘では、バーソロミューが猛毒の吹き矢で殺され、財宝は消え失せ、「四人の署名」と記された紙片が残されていた。ホームズが「この事件はすでに解決したも同然だが、自信過剰で失敗するのは禁物だ」と、殺人現場を検証したところ、犯人は一人が義足で、もう一人が子供のように小柄な裸足の者であったらしい。

ホームズにとって「解決したも同然」は、まだ解決していないことを意味していた。なにぶんにも殺人強盗事件なので、真相を究明するのみならず、犯人を捕らえて財宝を取り戻さなければ、事件が解決したとはいえない。むしろここからが正念場だった。

また、彼は失敗をもたらすような自信過剰は戒めたものの、自信を持つことは排除しなかった。実際、自信を持たずしてなにができようか。とんとん拍子にものごとが進展するのは気持ちがよい。その自信を積み重ねた結果が、他者の目には自信過剰に映ったとしても、それは有能感というものであり、慢心や油断とは異なるはずだ。警視庁のジョーンズ捜査官は、犯人の逃走経路や「四人の署名」の紙片などを一切無視。サディアスとバーソロミューが財宝をめぐって争い、サディアスが兄を殺害したと即断し、大得意になって彼を逮捕した。このジョーンズはまさに空虚な自信過剰。確たる根拠に基づくこともなく、自信をもって判断してしまうような人物が信用できないという見本になっている。

"My case is, as I have told you, almost complete; but we must not err on the side of overconfidence."

「この事件は、きみにも話したとおり、すでに解決したも同然だが、自信過剰で失敗するのは禁物だ」

第六章《シャーロック・ホームズの論証》

幸運を活用しないのは、怠惰そのものである。

殺人強盗犯の一人である裸足の人物は、ポンディチェリー荘でクレオソートに足を浸したようだった。おりよく雨は降らなかったので、クレオソートは洗い流されていないはずだ。ホームズは嗅覚のすぐれた犬に、クレオソートのにおいをたどらせることにした。他にも追跡する方法があると前置きしたホームズが、「幸運が舞い込んだのだから、それを活用しなかったら、怠慢というべきだろう」と、ワトソンに述べた。

ホームズたちがたどり着いたのは、テームズ川の桟橋だった。においはそこで途切れていた。どうやら犯人は船に乗ってしまったらしい。しかし、スミスという船宿で、義足の男が快速艇オーロラ号を雇ったことを聞き出すのに成功。ホームズは自らが組織したベーカー街非正規部隊の少年たちを召集し、彼らに河畔でオーロラ号の行方を探らせた。

この幸運とは、犯人がクレオソートに足を浸したことと、ポンディチェリー荘からの逃走後に雨が降らなかったことを指している。後者はまさに天佑というものだが、もしもホームズが床を調べなかったら、クレオソートの件に気がつかなかっただろうし、嗅覚のすぐれた犬を調達するすべを知らなかったら、においの跡をたどることはできなかっただろう。すなわち幸運の恩恵に浴するには、まず目の前の現実を幸運だと認識した上で、それを活用する能力を備えていなければならないのだ。さもなければ、せっかく幸運が舞い込んでも、わが身の不甲斐なさを嘆きつつ、地団駄を踏むしかない。幸運を活用できるのにもかかわらず、幸運を活用しないのが怠惰そのものならば、日頃の研鑽を怠った結果として、能力や知識の欠如により、幸運を活用できないのも、やはり怠惰そのものだということになろう。

「天は自ら助ける者を助く」は、英語で"Heaven helps those who help themselves."と表現する。ホームズの言葉には、幸運を待つのみならず、幸運を迎え入れる用意を怠ってはならぬという教訓も込められている。

"This, however, is the readiest, and, since fortune has put it into our hands, I should be culpable if I neglected it."

「しかし、これが一番簡単な方法でね。幸運が舞い込んだのだから、それを活用しなかったら、怠慢というべきだろう」

第七章《樽の話》

なにごとも当然のことだと決めつけてはならない。

二日後、ついにオーロラ号をロンドン塔付近の船舶ドックで発見。ホームズたちは警察の汽艇に乗り込み、ドックの対岸で拿捕する態勢を整えていた。ジョーンズ捜査官は川下での待ち伏せを提案。ホームズは「なにごとも当然のことだと決めつけてはなりません」と、反対した。

犯人たちが水路を選んだのは、どこかの港に入るためである。となれば外国に高飛びする可能性が高いから、ホームズも九割がたは川下に向かうと考えていた。しかし、待ち伏せすれば、その分だけオーロラ号から離れしまう。犯人たちが川上に向かったり、計画を変更して下船したときには、取り逃がすことになりかねない。そこでホームズは、予期せぬ事態が生じても、柔軟に対処できるよう、オーロラ号の様子がよく見える場所に陣取るべきだと主張したのだ。

序章にも記したとおり、熾烈な追跡戦の末に、ホームズたちはオーロラ号を拿捕。犯人のスモールは身柄を拘束され、彼がアンダマン島から連れてきた小人族のトンガは、吹き矢でホームズたちを狙って射殺された。ところが、拿捕される寸前、スモールは財宝をテームズ川に投棄してしまった。かつて彼はインド大乱の際に、三人の仲間とマハラジャの財宝を強奪。その後、アンダマン島の監獄に送られたが、同地に赴任していたショルトー少佐とモースタン大尉に子細を打ち明け、脱獄の手助けと引き換えに、財宝を皆で分けることにした。されど、少佐は財宝を独り占めしてイギリスに帰国。スモールは脱獄に成功してトンガとロンドンに潜伏し、財宝奪還の機会をうかがっていたのだと自供した。

ホームズにとっての当然とは、他に可能性のないことを意味していた。つまり九割がたの可能性では、まだ確度の高い推測にすぎず、当然とはいえなかった。だから、根拠が不十分な場合には、自らの見解を当然のことだとして、他者に押しつけることもなかった。オーロラ号を待ち伏せするのは、常識的には妥当な策だった。それにもかかわらず、ホームズがジョーンズを戒めたのは、彼がサディアスを逮捕したときのように、自説を正しいと決めつける傾向があり、いささか強引なところが目についたからだと思われる。

"We have no right to take anything for granted," Holmes answered.

「なにごとも当然のことだと決めつけてはなりません」と、ホームズは答えた。

第十章《島人の最期》

『ボヘミアの醜聞』でパジェットにより初めて描かれたホームズ（右）とワトソン。この連載でホームズは一躍大人気を得る。

第三章

『シャーロック・ホームズの冒険』

The Adventures of Sherlock Holmes

（1892年刊、短編集、収録作品の年号はストランド誌への掲載年）

『ボヘミアの醜聞』 A Scandal in Bohemia（1891年）
ボヘミア国王が元愛人から脅迫された事件。

『赤毛連盟』 The Red-Headed League（1891年）
質屋の店主が、架空の団体である赤毛連盟に高給で雇われた事件。

『同一人物』 A Case of Identity（1891年）
教会に向かう途中で花婿が消えた事件。他の訳題に『花婿失踪事件』。

『ボスコム谷』 The Boscombe Valley Mystery（1891年）
父親のあとを追った息子が、口論の末に父親を殴殺した事件。

『オレンジの種五つ』 The Five Orange Pips（1891年）
死を予告する手紙が届いた事件。

『唇のねじれた男』 The Man with the Twisted Lip（1891年）
元新聞記者がアヘン宿の三階で行方不明となった事件。

『青い紅玉』 The Adventure of the Blue Carbuncle（1892年）
盗まれた宝石がガチョウの餌袋から発見された事件。

『まだらの紐』 The Adventure of the Speckled Band（1892年）
毒ヘビに犠牲者を咬み殺させた事件。

『技師の親指』 The Adventure of the Engineer's Thumb（1892年）
水力技師が貨幣偽造犯に機械の点検を依頼され、重症を負った事件。

『未婚の貴族』 The Adventure of the Noble Bachelor（1892年）
貴族の花嫁が挙式後に逃げ出した事件。他の訳題に『花嫁失踪事件』。

『緑柱石の宝冠』 The Adventure of the Beryl Coronet（1892年）
銀行が担保に預かった宝冠から、頭取の息子が緑柱石を盗んだ事件。

『ぶな屋敷』 The Adventure of the Copper Beeches（1892年）
髪を短く切ることを条件に、家庭教師が高給で雇われた事件。

判断材料がないのに、推論するのは禁物だ。

ホームズにあてて、日付も差出人の住所氏名も書かれていない手紙が届いた。どうやら彼に面会したい人物がいるようだが、用件はなにも記されていなかった。いぶかしく思ったワトソンはホームズに見解を求めたが、ホームズは「判断材料がないのに推論するのは、とんでもない誤りだよ」という。

判断材料とは事実のこと。判断材料を欠いたままに推論すると、事実に合致するように推論するのではなく、推論に合致するように事実を曲解してしまうというのが、ホームズの懸念。推論は思考と表現してもよいだろう。事実からはじめるのが順序なれど、推論からはじめてしまうと、推論に合致しない事実を排除することになりかねない。すなわち自らの推論の正しさを証明しようとして、誤った結論を導くことになる。

この結論は推論または思考から導かれるものである。したがって、推論が事実を踏まえていない場合、まずは結論ありきになってしまうこともある。自分にとって都合のよい結論を擁護するために、あとから説得力のありそうな推論を組み立て、その根拠となりそうな事実を捜していたら、まさに本末転倒というべきだろう。

手紙の主はボヘミア国王だった。スカンディナビア王女との結婚を控えた彼は、元オペラ女優で愛人だったアイリーン・アドラーに、二人でとった写真を王女に送りつけると脅されていた。ホームズはアイリーン家で火事騒ぎを演出し、国王の弱みとなっていた写真の隠し場所を突き止めた。その場で写真を持ち去るべきか、ホームズは迷ったが、馬車の御者に目撃されそうだったので、軽率な行動を慎んだのだと、ワトソンにことの顚末を説明した。ところが、国王の眼前で写真を取り出そうとしたのが運の尽き。アメリカ人のノートン弁護士と挙式したアイリーンは、二度と国王を脅さないことを約束した手紙を残して、翌朝に行方をくらませてしまい、ついに写真は戻らなかった。軽率な行動を自ら戒めたことが、結局は軽率な行動になってしまったというホームズの失敗談である。

ちなみに『ボヘミアの醜聞』が発表された一八九一年には、エドワード王太子（後のエドワード七世）が売春婦に差し出した手紙をめぐり、金銭を要求されるという前代未聞のスキャンダルが生じている。

> “It is a capital mistake to theorize before one has data.”
>
> 「判断材料がないのに推論するのは、とんでもない誤りだよ」
>
> 『ボヘミアの醜聞』

解説したのは失敗だった。

ウィルソンなる人物がホームズを訪ねてきた。ホームズは彼を観察して、手先を用いた筋肉労働をしたこと、フリーメーソンの会員であること、中国に行ったことがあること、最近になってたくさんの書き物をしたことなどを、いい当てて見せた。最初のうちこそ驚嘆したウィルソンだったが、彼の右手は明らかに左手よりも筋肉が発達して大きくなっている。フリーメーソンの記章が入ったネクタイピンをしている。中国式の刺青をしている上に、中国銭を時計の鎖に下げている。右の袖口がこすれて光り、左肘につぎが当ててあるなど、ホームズの解説を聞くうちに、経歴を当てられたのは、すごいことでもなんでもなかったと、ウィルソンは笑いだしてしまった。拍子抜けしたホームズが、「解説することで失敗しているんじゃないかってね」と、ワトソンにおどけてみせた。

これはそもそもホームズのモデルの一人とされるドイルの恩師、エジンバラ大学のジョゼフ・ベル博士のお家芸だった。彼は初診の患者を観察して、その病歴のみならず職業や経歴までも当ててしまい、患者本人や医学生だったドイルたちを驚かせたという。作品中でたびたびホームズは自らの観察力と推理力を披露することで、初対面の依頼人を感心させ、その信頼を勝ち得ているが、このときのウィルソンには常套手段が通じなかった。手品の種明かしと同様、相手によっては肝心要の部分を内緒にしておくのがよさそうだ。ホームズの言葉を逆説的に解釈するのならば、なにがしかの本職が、言葉を曖昧にして詳しく解説したがらないときは、それこそがその人の専門的な技量を高度なものに見せかける要の部分だといえようか。

依頼人のウィルソンは経営が不振な質屋の店主だった。一ヶ月前に雇ったスポールディングに勧められ、赤毛の男性を高給優遇するという赤毛連盟で、アルバイトをはじめることにした。彼は週に六日、午前十時から午後二時までの四時間、赤毛連盟の事務所で大英百科事典を書き写していたが、八週間後に連盟はなんの予告もなしに解散。しかも、そんな団体の存在は、同じ建物に会計事務所を構える家主も知らなかったという。

“I begin to think, Watson,” said Holmes, “that I make a mistake in explaining.”

「ぼくは考えはじめているところだよ、ワトソン」と、ホームズはいった。「解説することで失敗しているんじゃないかってね」

『赤毛連盟』

ぼくの人生は、平凡な生活から逃れようとする努力の連続だ。

ホームズによれば、スポールディングの正体は、クレーという凶悪犯だった。彼は相場の半額の給料でよいといって、まんまと質屋に住み込むことに成功。写真の現像と称してしきりに地下室にもぐり込んでいた。さらには赤毛連盟をでっち上げ、邪魔なウィルソンが店を留守にしている隙に、裏手の銀行に通じる地下道を掘っていたのである。その銀行には、数ヶ月前にフランスからナポレオン金貨三万枚を借り入れたという噂が広まっていた。そして、ついに地下道が完成し、銀行に侵入する手筈が整った日、クレーは用済みとなった赤毛連盟を解散したのだ。金貨が保管されている銀行の地下室で待ち伏せしていたホームズたちによって、クレーと赤毛連盟の役員を演じていた仲間が逮捕され、事件は落着。その手腕を讃えたワトソンに、「ぼくの人生は、平凡な生活から逃れようとする努力の連続だ」と、ホームズが素っ気なく応じた。

このホームズの言葉には異論もあるはずだ。幸福とは平凡な生活の中にこそあるという人生哲学の方が、はるかに身近でわかりやすい。波瀾万丈の人生が面白そうに見えたり、羨ましく思えたりするのは、自分が当事者ではないからだ。一般人にとって、ホームズの日常はスリルに満ちていて楽しそうだが、そもそもスリルとは身の安全を保証されている状況においてこそ、楽しめるものではないのだろうか。

されど、その一方で「面白きこともなき世に面白く」という願望があってもよい。医業も作家業も中途半端で、暇をもて余していたドイルにとっては、ストランド誌におけるホームズを題材にした短編の読み切り連載の開始こそ、まさに平凡な生活から逃れようとする千載一遇のチャンスだったにちがいない。

論理学的な解説をすれば、原因から結果を導く推理を演繹推理、逆に結果から原因を分析する推理を帰納推理という。ここではクレーの一連の行動から、彼が裏手の銀行に通じる地下道を掘っていたことを探り出したのが帰納推理である。一方、地下道が完成したならば、その地下道が発見されたり、金貨が運び出されたりしないうちに、クレーが一日も早く銀行の地下室に侵入しようとするだろうと予測したのが演繹推理になる。

“My life is spent in one long effort to escape from the commonplaces of existence.”

「ぼくの人生は、平凡な生活から逃れようとする努力の連続だ」

『赤毛連盟』

平凡なものほど不自然なものはない。

世の中には不思議なことがたくさんあると、ホームズが議論をふっかけた。新聞に出ている事件はつまらないものばかりだと、ワトソンは反論。「真実をあぶり出すためには、ある程度の取捨選択が必要だ」と前置きしたホームズが、「平凡なものほど不自然なものはないのだよ」と、ワトソンに再反論した。

またまた「平凡（commonplace）」である。英語表現において「平凡（commonplace）」は悪い意味、逆に「特異（unique）」はよい意味で用いられることが多い。しかもホームズは平凡なものを不自然なものだと断じている。前ページのように「平凡な生活」からホームズが逃れようとしていたのは、彼にとってはそれが不自然なものだったからだということになるのだろうか。

この『同一人物』では、伯父から多額の遺産を相続したメアリー・サザーランドを手放したくない継父ウィンディバンクが、彼女の結婚を阻止すべく、エンゼルという人物になりすまし、一人二役を演じるという設定になっている。それゆえに、日本で広く親しまれている『花婿失踪事件』という訳題には依らず、あえて直訳風に『同一人物』とした。もっとも、事件の真相がそのまま作品名となっているのだから、推理小説としては、いささかドイルも芸がない。

ここから先は、禅問答だと誤解しないでいただきたい。ウィンディバンクはメアリーの前でエンゼルになりきろうとしたが、エンゼルの存在を信じたのはメアリーだけだった。つまり、ウィンディバンクはウィンディバンク以外の誰でもなく、いつまでもエンゼルに扮していることもならず、エンゼルを抹殺してしまった。その一方で、エンゼルがメアリーに愛を語るときは、誰もウィンディバンクの代役を務められなかった。それは彼がウィンディバンクという特異な存在だったからである。

しかるに、これは誰にも共通した真理ではないか。すなわち万人がそれぞれに特異な存在で、平凡な人は不自然なのだ。つまり、あなたはあなた以外の誰にもなれないが、ほかの誰もあなたにはなれない。だから、各人が自らに自信を持つべきであると、なにやらドイルに励まされているようだ。

"Depend upon it, there is nothing so unnatural as the commonplace."

「断言してもよいれど、平凡なものほど不自然なものはないのだよ」

『同一人物』

そのことは、もうくよくよ考えないようにしなさい。

依頼人メアリー・サザーランドの亡父は、繁盛した鉛管工事店を残していた。また、彼女は伯父から公債を相続し、その利息を同居している母親と再婚相手のウィンディバンクに渡していた。わずか五歳ちがいの継父ウィンディバンクは、なにかにつけてメアリーを外出させないようにしていたが、ついに彼女は反対を押し切って、鉛管工事業者たちの舞踏会に行くことにした。ウィンディバンクが商用でフランスに出張した間、メアリーは素性もよくわからないエンゼルと恋仲になり、内緒で婚約してしまった。彼は光が苦手なので色眼鏡をかけ、喉が弱いのでささやくような声で話した。しかし、ウィンディバンクに知られないようにするため、二人は彼が留守のときにしか会えなかった。

次にウィンディバンクがフランスに出張したとき、彼が帰国する前に結婚しようとしたエンゼルは、なにがあっても心変わりしないことをメアリーに誓わせた。メアリーの母は二人の結婚に賛成。夫には自分からよく話してあげるという。そして、結婚式の朝、エンゼルは予期せぬ事態が生じて離れ離れになっても、誓ったことを忘れないようにと念を押し、メアリー母娘とは別の馬車で教会に向かったが、いつの間にやら車内から消え失せ、そのまま行方不明になってしまった。事情を聞いたホームズが、落胆しつつもエンゼルのことをあきらめきれないメアリーに、「そのことは、もうくよくよ考えないようにしなさい」と、慰めの言葉をかけた。

知恵で事態が好転するのならば、気がすむまで悩むべきだろう。しかし、知恵では事態が好転しないのならば、あれこれ悩んだところで得るものはない。いかに後悔しても、過去は変えられないので、くよくよとはしないこと。どうせ悩むのならば、もっと生産的なことや建設的なことで悩んだ方が有意義である。忘却は神様からの贈り物だとか、忘却もまたその人の能力だといわれている。あまりに忘れっぽいのは考えものだが、嫌なことは忘れてしまうのが一番だ。それゆえにホームズは気休めを口にはしなかった。メアリーの人生からエンゼルがいなくなった今、彼のことを忘れなさい、二度と彼には会えないでしょうと諭したのである。

“Let the weight of the matter rest upon me now, and do not let your mind dwell upon it further.”

「今はこの深刻な問題を私に任せ、そのことは、もうくよくよ考えないようにしなさい」

『同一人物』

全体の印象を信じてはならない、細部に注意を集中させるんだ。

ワトソンがメアリーの服飾について細やかな観察力を披露した。そして、全体の雰囲気が庶民的で、楽しく気楽に裕福に暮らしているような感じだと述べたが、事件の解明に役立ちそうなことは、ほとんどすべて見落としてしまった。一方、ホームズは彼女が近眼だとか、あわてて家を出てきたとか、彼女が語らなかった事情までをも見抜いていた。そこでホームズが「全体の印象を信じてはならないよ、きみ、細部に注意を集中させるんだ」と、観察眼を養うこつをワトソンに伝授した。

これは「木を見て森を見ず」の逆説。枝葉末節にこだわりすぎるあまり、ものごとの根幹を見失うのは考えものである。しかし、木を見ずして森が見えるだろうか。森だから木が生えているのではなく、木が生えているからこそ森なのだ。個々の木という細部の検証に裏付けられたものでなければ、およそ森という全体の印象などは信用できないことを、ホームズは示唆している。

ホームズはウィンディバンクを呼び出す手紙と、彼の人相を勤務先に照会する手紙を差し出した。いくつかの活字の減り具合を比較するに、ウィンディバンクからの返信とエンゼルからの手紙は、同一のタイプライターで打たれていた。しかも彼らの人相がそっくりだと判明。夕刻になり、いよいよ当の本人がホームズを訪ねてきた。

当時、未婚女性の財産は親が管理していたが、結婚後は管理権が夫に移動した。すなわちメアリーが嫁ぐと、ウィンディバンクが受け取っていた公債利息が、彼女の夫のものになってしまう。そこで恋人ができないよう、外出には反対していたものの、いつまでも引き止められないことがわかるや、今度はフランス出張という口実で家を留守にして、自分が一人二役で恋人のエンゼルを演じることにした。世間知らずで近眼のメアリーは、出張の話を嘘だとは疑わず、彼の変装にも気づかなかった。あとは婚約にこぎつけ、エンゼルがいなくなっても、彼女が別の男性に心を移さないように仕向けるだけだった。ホームズに詰め寄られたウィンディバンクは、その足で下宿から逃走してしまった。

“Never trust to general impressions, my boy, but concentrate yourself upon details.”

「全体の印象を信じてはならないよ、きみ、細部に注意を集中させるんだ」

『同一人物』

明白な事実ほどあてにならないものはない。

ハザリー農場の経営者マッカーシーがボスコム沼に向かい、銃を抱えた息子ジェームズが父親のあとを追っていた。二人は森の中で激しく口論し、今にもつかみ合いになりそうなほどだった。そのあと、父親が死んでいると、ジェームズが地所の管理人に助けを求めてきた。鈍器で頭を殴られたマッカーシーの死体の近くには、ジェームズの銃が転がっており、彼の右手と袖は真新しい血に汚れていた。複数の人々の目撃証言によって裏打ちされた事実は、ジェームズに不利なものばかりだった。殺人容疑で逮捕された彼は犯行を否認。ただし、すべては状況証拠ばかりで、ジェームズが銃で父親を殴る場面を見た者はいない。ホームズも彼が容疑事実どおりに殺人犯である可能性は認めたものの、隣家の娘アリスをはじめ、彼の無実を信じている人々もいた。あまりにも事実が明白だから、ホームズの出番はないと、ワトソンは忠告。しかし、ホームズは「明白な事実ほどあてにならないものはない」と返答した。

冤罪事件を扱ったはじめての作品。この『ボスコム谷』の十六年後、ドイルは現実世界においても、家畜を殺傷した罪と脅迫状を書き送った件で有罪とされた、エダルジという人物の冤罪を晴らすために尽力することになる。再審を求める抗議運動により、すでにエダルジは釈放されていたが、これはドイルにとって大きな賭けだった。なにしろシャーロック・ホームズ本人の登場である。もしも無罪の立証に失敗すれば、いい加減な創作を重ねてきただけだと嘲られ、推理小説家としての名声は失墜するだろう。しかし、眼科医の修行を積んでいたドイルは、エダルジが乱視の混ざった強度の近視だったことから、真夜中に家畜をナイフで切り裂くことが不可能だと確信した。彼が作成した一万八千語にも及ぶ報告書に触発され、世論は沸騰。ついに政府の委員会は再捜査の結果、エダルジを家畜殺傷について無罪とした。小説家とはいえ、いかにドイルが影響力のある人物だったかを示す逸話であろう。後年にドイルは殺人罪で終身刑に処されていたスレーターの再審請求を支援し、無罪の立証に貢献している。明白な事実ほどあてにならないものはないという真理を、自ら身をもって示したのだ。

“There is nothing more deceptive than an obvious fact,” he answered, laughing.

「明白な事実ほどあてにならないものはない」と、彼は笑いながら応じた。

『ボスコム谷』

なにゆえに運命は哀れでか弱き者たちに、かような悪戯をするのだろう。

真犯人はアリスの父ターナーだった。彼は若いときに殺人強盗をはたらいたが、後に善行を積むことで自らの罪を償うことにした。しかし、その過去を知るマッカーシーに、長年に渡って恐喝され続けていた。マッカーシーは、病身で余命いくばくもないターナーの財産を乗っ取らんがため、一人娘のアリスをジェームズと結婚させるよう、ターナーに強要。そこでアリスを守るべくして凶行に及んだのだ。ターナーはジェームズが有罪になりそうならば、名のり出るつもりだったと告白。事情を聞いたホームズは、「なにゆえに運命は哀れでか弱き者たちに、かような悪戯をするのだろう」と、運命の過酷さを嘆き、ターナーと同じような境遇には陥りたくないと、ワトソンに心情を吐露した。その後、ターナーの供述書を提出するまでもなく、ジェームズはホームズが用意した異議申立書によって無罪放免。ターナーの死後、ジェームズとアリスは過去の経緯を知らずに結婚した。

神から見て人は弱いものである。あえて訳出しなかったが、文中の「虫けら（worms）」は、人が虫けらのようにはかない存在あることを意味している。弱いからこそ救いを求めるし、強いものに憧れて自らも強くありたいと願ったりもする。強さの中に弱さがちらつくときは、強さではなく弱さの方が、その人の本性だ。だから、自らの弱さを責めることはない。人前で強がってみせることを、恥ずかしく思うこともない。

もちろん、他人が強そうに見えても、引け目を感じることはない。強そうに見えれば見える人ほど、強く見せようと虚勢を張っていることもあるだろう。そして、他人が弱そうに見えても侮蔑してはならない。ホームズのように自らの弱さを認めてはばからない者は、弱さの中に意外な強さを秘めているものだ。

また、運命の女神にとっては、すべてが他人事で、自らの気まぐれに責任を負うことはないという。だから、いかなる逆境にあろうとも、不甲斐なく思うことはない。すべては運命の悪戯なのである。ターナーの運命は自業自得の結果だったが、辛苦に耐えている者を突き放してよいものなのかどうか、ホームズは問いかけているようである。

“Why does fate play such tricks with poor, helpless worms?”

「なにゆえに運命は哀れでか弱き者たちに、かような悪戯をするのだろう」

『ボスコム谷』

窮地を脱するには、気力あるのみだ。

暴風雨の夜にオープンショーがホームズを訪ねてきた。彼の伯父イライアスは、アメリカにおける農場経営で成功したが、南北戦争後の共和党による黒人政策に反発してイギリスに帰国した。それから十数年がたち、インドのポンディシェリ港からイライアスに届いた手紙の差出人はＫＫＫ。オレンジの種五つが同封されていた。死を予感した彼はなにかの書類を焼き、その七週間後に自殺した。二年後、イライアスの遺産を相続した父ジョゼフに、またしてもＫＫＫからオレンジの種五つを同封した手紙が届いた。文面は「書類を日時計の上に置け」で、消印はスコットランドのダンディー港。五日後にジョゼフは不審な事故で亡くなった。そして二年あまりが過ぎ、今度は順繰りに財産を相続したオープンショーに、同じ手紙がロンドンから差し出されたという。途方に暮れたオープンショーは、警察に相談しても真面目に取り合ってもらえず、なにか運命的なものを感じて半ばあきらめかけていた。抗うことのできない、無慈悲な魔の手に捕まったようなものだと嘆く彼を、ホームズが「窮地を脱するには、気力あるのみです」と励ました。

なにかをしなければならないし、なにをすればよいのかもわかっているのに、なにもしたくないというあの虚脱感。しかし、ここでだめな人間だと、自らを責めて、自らの心を傷めることはない。あるいは、気力ではなく、行動あるのみではないのかと、疑問に思った人がいるかもしれない。実際、ホームズもいかなる対策を取ったのかと訊いたが、オープンショーはなにをしても逃れられないような気がしたので、なにも手を打たなかったと答えた。そこで行動しなければ命が危ない、その前にまずは気力だと諭したのである。

ドイルにしても前半生における医業と作家業は挫折の連続だった。特に二十三歳でろくな資金もなく、ポーツマスで医院を単独で開業したときには、診察室だけは体裁を整えたものの、他の部屋は家具もないという状態。家賃の頭金も支払えず、医院は閑古鳥で、母メアリーに仕送りを頼まなければならないほどだった。それでもドイルは弱音を吐かなかった。むしろ患者が来ないので、誰にも邪魔されなかったといい、木箱に腰を下ろして水を飲み、パンをかじりながら小説の構想を練っていた。医業では稼げなかったため、いくらかでも現金収入を得ようと、雑誌に投稿を続けていたのだ。窮地を脱するには気力あるのみだと、無名時代のドイルは、自らを鼓舞していたのだろうか。

> “Nothing but energy can save you.”
>
> 「窮地を脱するには、気力あるのみです」
>
> 『オレンジの種五つ』

確かにつまらない感情の問題だが、ぼくの誇りは傷ついた。

伯父イライアスと父ジョゼフが、ＫＫＫによって殺害されたと判断したホームズは、オープンショーにも危難が迫っていることを察知した。そこでイライアスが焼き忘れた一枚の紙片を元の箱に戻し、他の書類はすべて焼いた旨を記した手紙を添えて、指定どおり日時計の上に置くように助言した。ホームズに勇気づけられ、新たに活力と希望を得たオープンショーは、ウォータールー駅から列車で帰宅することにした。

しかし、その翌朝、捜査活動をはじめようとする矢先、新聞はオープンショーの事故死を報じていた。大雨の中、ウォータールー橋付近の船着場からテームズ川に転落し、溺死してしまったのだ。ホームズの下宿からウォータールー駅に向かったオープンショーが、船着場を通るはずがない。途中でＫＫＫに拉致され、川に突き落とされたことは疑う余地がなかった。ホームズは「確かにつまらない感情の問題だが、ぼくの誇りは傷ついた」と、最悪の結末に意気消沈しつつも発奮し、犯人検挙をワトソンに誓った。そして、ロイド船舶登録簿を調べて、ＫＫＫの船と船員の名を割り出し、次なる目的地のサバナ港で逮捕する段取りを整えた。ところが、先方の船が難破し、犯人は行方不明となった。

オープンショーに届いた手紙はロンドンの消印で、

しかも受け取ってからまる一日以上が過ぎていた。KKKが間近に潜伏していることは明らかだったのに、ホームズは彼を下宿に泊めることもなく帰宅させてしまった。ホームズの不手際が招いた大失敗である。

「ぼくの誇りは傷ついた」が、「確かにつまらない感情の問題」であることは、ホームズも認めている。この事件は完全犯罪も同然で、すでに依頼人が死亡しているため、犯人を捕らえても立件が困難な上に報酬は得られない。つまらない感情の問題で自分を見失い、無益な行動に走るのは愚かしいという見解もあるだろう。一方で、ホームズは誇りが傷ついたからこそ、汚名返上の闘志が湧いたのだともいえる。

人は誰でも他人に誇れるものがあるはずだ。誇りが傷ついたときには、自らの尊厳を守るべく、思い切り意地をはってみるのも悪くはない。「もう、誇りはすべて捨てました」という人に対しては、「誇りを捨てたらなにもできませんよ」と諭すのが、人生相談の初歩。誇りが傷ついたからといって、なにも誇りを捨てることはないのだと、ホームズは語りかけているようである。

“It is a petty feeling, no doubt, but it hurts my pride.”

「確かにつまらない感情の問題だが、ぼくの誇りは傷ついた」

『オレンジの種五つ』

話相手の存在がぼくには重要だ。

ワトソンの受け持ちの患者ホイットニーが、行きつけのアヘン宿から帰らない。ホイットニーを連れ戻すべく宿に向かったワトソンは、思いがけなく変装したホームズに出くわした。彼は潜入捜査の真っ最中。ホイットニーを一人で馬車に乗せて送り返したあと、ワトソンはホームズに誘われて事件の依頼人宅に向かった。ワトソンは好奇心にかられつつも、思索をめぐらすホームズに配慮して、彼が話しかけるまでは、なにも訊こうとしなかった。きみは寡黙という天賦の才に恵まれていると、ホームズは満足そうだった。そして、「話相手の存在がぼくには重要だ」と、謝辞を述べた。

どちらかといえば、ホームズは孤独を愛する傾向が強かった。結婚したワトソンが下宿を引き払ってからも、事件のないときには読書に古文書研究、化学実験に論文執筆と、一人暮らしを楽しんでいた。気が向くままに奏でるバイオリンは、あの自慢のストラディバリウスだ。ときには一等席の券を買ってコンサートやオペラにも出かけたし、シンプソンズなどの高級レストランで料理に舌鼓を打ったりもした。いよいよすることがなくなったら、コカインを注射して倦怠感を吹き飛ばせばよかった。当時は発明家のトマス・エジソンをはじめ、コカイン愛用者は少なくなかった。

しかし、そんなホームズでも、引き受けた事件のことを一人で考えていると、気が滅入ることがあった。誰かにそばにいてほしいときもあったのだ。ホームズが沈黙すれば、思索の邪魔をしないように、ワトソンも沈黙した。そしてホームズが話せば分をわきまえた聞き役となり、求められれば自らの見解をも述べた。

また、専門家のホームズが見落としがちだった一般人の観点というものを、ワトソンがよく補っていた。たとえワトソンが的はずれのことを述べたときでも、彼の意見を聞くことによって、ホームズは自信を深めたり、あるいは、軌道を修正したりした。聞き役には聞き役で十分な存在意義があったのだ。いわば右利きの人にとって、ホームズが右手ならば、ワトソンは左手だった。ホームズはホームズなりに感謝していたのである。

" 'Pon my word, it is a great thing for me to have someone to talk to, for my own thoughts are not over-pleasant."

「実際のところ、話相手の存在がぼくには重要だ。ぼくの考えていることは、あまり愉快なことでないからね」

『唇のねじれた男』

なにが賢明なのかを悟るのに時間がかかってしまったが、なにも悟らないよりはましだ。

ロンドンに出かけたセント・クレア夫人は、通りかかったアヘン宿の三階に夫の姿を目撃。警察官に事情を話したところ、そこは唇がねじれた乞食のブーンが借りていた部屋で、室内からはセント・クレアの衣類や、子供に買って帰ると約束した積木の箱が発見された。奥の寝室の窓枠には血がついていたほか、眼下の水路には硬貨を詰めたセント・クレアの上着が沈んでいた。警察は殺人容疑をも視野に入れてブーンを拘留したが、セント・クレアは行方不明になってしまった。

ホームズとワトソンがセント・クレア家に到着すると、本人の指輪を同封した手紙が届いていた。夫人によれば、身の安全を知らせる文面は、夫の筆跡に相違ないという。徹夜で黙考したホームズは翌朝になって、きみの前にいるのはヨーロッパ一の大バカ者だと、ワトソンに語った。そして、「なにが賢明なのかを悟るのに時間がかかってしまったが、なにも悟らないよりはましだ」と、難航した捜査活動を自省した。

ホームズが留置所で寝ていたブーンの顔を海綿で拭ってみれば、すべてはセント・クレアの巧みなメーキャップだった。出来心ではじめた乞食稼業で荒稼ぎした彼は、正業に就く意欲がなくなってしまった。しかし、父親が乞食だと知らされたときの子供たちの心情を慮り、妻や警察には正体を明かすことができずにいたのだ。

当初はホームズもセント・クレアが殺害されたものと判断して、アヘン宿に潜入するなど、試行錯誤をくり返していた。出だしが順調でないときでも、あせらないのがホームズの流儀。時間がかかってしまっても、結果的になにかを成し遂げたのならば、なにも成さないよりはましだからである。一方のセント・クレアも人騒がせな事件を引き起こし、実直とはいえない生活を続けていた愚かしさを痛感した。彼もまたなにが賢明なのかを悟った一人だった。

"I confess that I have been as blind as a mole, but it is better to learn wisdom late than never to learn it at all."

「まるでもぐらのように、目が見えていなかったことは認めるよ。でも、なにが賢明なのかを悟るのに時間がかかってしまったが、なにも悟らないよりはましだ」

『唇のねじれた男』

推理に臆病は禁物だ。

路上でけんか騒ぎがあり、襲われた男が逃げるときに落としていった帽子とガチョウを、ホームズとワトソンの顔見知りのピーターソンが持ってきた。ガチョウの脚には、ヘンリー・ベーカー夫人へという札が付いていたが、どこのベーカーなのかはわからない。ガチョウは早く食べた方がよいとピーターソンに渡すことにした。ベーカーなる人物の素性を帽子から推理してみるように促しても、すぐになにもわからないと、あきらめてしまったワトソンを、「きみは推理に臆病すぎる」と、ホームズがたしなめた。

見出しの文は、ワトソンに向けられた言葉を一般論化した名言風の翻訳にした。なぜ、ワトソンが推理に臆病になったのかといえば、いつも見当はずれのことを述べてしまい、ホームズに笑われてきたからだ。ワトソンは観察力や推理力にかけて、ホームズにかなわないし、彼をいささかなりとも感心させられないことを知っていた。そこで今回もどうせいつもと同じならば、なにもいわない方がましだと判断した。消極的ではあるけれども、ある意味においては賢明な選択だともいえる。

特定のことに関して、決してかなわない相手はいるものだ。相手の土俵に上がったら、負けるのが目に見えている。そのような場合、ワトソンのようにはじめから勝負を捨ててもよいのだが、かように消極的な考えでは、いつまでたっても進歩しない。なにかを修得したいのならば、臆病は禁物なのである。

ホームズが帽子から得られた推理をワトソンに披露していると、ガチョウの餌袋の中から出てきた宝石をピーターソンが持参した。それはコスモポリタン・ホテルで盗まれた青い紅玉だった。なにゆえにガチョウの餌袋に入っていたのか、ホームズは理由を調べることにした。ホームズが出した新聞広告を見てやってきたベーカーは、宝石についてなにも知らない様子だった。聞き込みを続けるうちに、オークショット夫人が問題のガチョウを卸売りしたことが判明。彼女はコスモポリタン・ホテルの接客係主任ライダーの姉だった。ライダーの自供によれば、彼は姉が飼っていたガチョウに盗んだ宝石を呑み込ませ、そのガチョウをもらってきたが、肝心の宝石が出てこない。見た目がそっくりなガチョウが二羽いたので、それらを取り違えてしまったらしいという。事情を聞いたホームズは、彼を見逃すことにした。

> "You are too timid in drawing your inferences."
>
> 「きみは推理に臆病すぎる」
>
> 『青い紅玉』

頭のよい者が悪事に知恵をしぼれば、事態は最悪となる。

ヘレン・ストーナーの裕福だった母親がロイロット博士と再婚し、彼女が亡くなったあと、ヘレンは姉ジュリアと博士の三人で暮らしていた。二年前のこと、婚約したジュリアが夜中に口笛が聞こえるとヘレンに告げた次の日の夜、「まだらの紐」といい残して変死。そして今度はヘレンの婚約が決まったが、彼女も夜中に口笛を聞いたという。亡母の遺言によれば、娘たちは結婚すると遺産を運用した収益の三分の一を、それぞれ受け取れることになっていた。

ロイロット家では博士、故ジュリア、ヘレンの順に寝室が並んでいたが、壁の工事がはじまったので、ヘレンは故ジュリアの寝室に移っていた。そこではベッドが床に固定されていたほか、ベッドの脇に垂れた呼び鈴の引き綱が、奇妙なことに天井の通気孔に取り付けられた鉤に結ばれていた。その通気孔も博士の寝室の天井に通じており、外気が流れ込むようにはなっていなかった。さらに博士の寝室では、大型の金庫やミルクの小皿、先が輪になった鞭が見つかった。恐るべき真相を悟ったホームズが、「頭のよい者が悪事に知恵をしぼれば、事態は最悪となる」と、ワトソンとヘレンを前に慨嘆した。

夜になってホームズとワトソンが故ジュリアの寝室に忍び込んだ。やがてマッチをすったホームズが、呼び鈴の引き綱をステッキで打ちのめした。妻の遺産を独り占めしたいロイロット博士は、飼育していた毒ヘビを、通気孔から引き綱を伝わって移動させ、ジュリアと同じくヘレンを殺そうとしていたのだ。口笛はヘビを呼び戻すための合図だった。博士はステッキで打たれて凶暴化したヘビに咬まれて絶命した。

もともとロイロット博士は、落魄した著名な貴族の子孫で、親族から学費を借りて医学を修め、新天地を求めてインドに渡った苦労人だった。腕のよさと強靭な意思力によって医業に成功したが、盗難事件が原因で執事を死なせ、長期間の服役を終えたときには、希望を失って気難しい性格になっていた。知力と意思力に恵まれた努力家だったのに、その知力と意思力を善に生かせない現実が待っていたのだ。しかし、ホームズには、ロイロット博士の不遇に同情するよりも、彼の奸計を憎む気持ちの方が強かったようである。

"Ah, me! it's a wicked world, and when a clever man turns his brains to crime it is the worst of all."

「ああ、なんて邪悪な世の中だろう。頭のよい者が悪事に知恵をしぼれば、事態は最悪となる」

『まだらの紐』

経験は間接的に価値のあるものだ。

親指を切断した水力技師のハザリーが、ワトソンの医院に転がり込んできた。殺されそうになったという話を聞き、ワトソンがホームズを紹介。ハザリーはスターク大佐に依頼され、工業用の漂土を固めるための水力プレス機の故障箇所を、秘密厳守で点検することになった。大佐の屋敷で案内された小部屋は、部屋そのものが水力プレス機に設計されていた。ところが、ハザリーが見るに漂土を固めるという話は真っ赤な嘘。明らかになにかの金属を刻印する機械だった。秘密を知られたことを悟った大佐は、プレス機を作動させてハザリーを圧殺しようとしたが、彼は木製の壁板の隙間から脱出に成功。家人とおぼしき女性に導かれて屋敷内を逃げ回り、飛び下りようとして窓枠につかまっていた手に、追いついた大佐が肉切り包丁を振り下ろし、ハザリーは親指を切断されてしまった。

ホームズたちが到着したとき、すでにスターク大佐の屋敷は炎上。プレス機の中に置かれたランプが押しつぶされ、木製の壁板に燃え移ってしまったのだ。同行した警部の話では、大佐一味は銀貨の偽造犯。報酬はもらえず親指もなくし、なにを得たのかと嘆くハザリーを、「経験ですよ。間接的に価値のあるものでしょうね」と、ホームズが慰めた。

ドイルの論敵だった劇作家のバーナード・ショー

も、「人は経験を重ねて賢くなるのではなく、経験を生かすことによって賢くなるのだ」と、ホームズと同じようなことを述べている。すなわち経験そのものは、実体験の記憶にすぎないので、直接的には世間話のたねにするくらいの価値しかない思い出だ。むしろ経験から得られた教訓や知識を、将来的に生かすことによって、はじめて有意義なものになる。その意味で「間接的に価値のあるもの」だといえる。

この事件、ハザリーにとっては嫌な思い出だし、二度と同じような危難に遭遇することもないだろう。しかし、事件のことを話して親指のない手を見せれば、誰でも一度で顔と名を覚えてくれるはず。さすれば、自営業のハザリーには、まことにありがたいことだった。単に経験豊富なだけでも世間話のたねにはなるが、ショーが指摘したとおりに経験を生かすことができれば、まさに人は賢くなれるだろう。

"Experience," said Holmes, laughing. "Indirectly it may be of value"

「経験ですよ」と、ホームズは笑いながらいった。「間接的に価値のあるものでしょうね」

『技師の親指』

社交の場とは人を退屈させるか、うそつきにするかのいずれかだ。

紋章と組み合わせ文字のある封筒が届いた。差出人は貴族にちがいない。はやる気持ちを抑えられないワトソンに、ホームズは「ありがたくもない社交関係の招待状のようだ。人を退屈させるか、うそつきにするかのいずれかだね」と、皮肉っぽく応じた。

手紙は社交関係の招待状にあらず、名門貴族セント・サイモン卿からの依頼状だった。財政難の彼は、アメリカの大富豪の娘ハティー・ドランを妻に迎えることにした。ところが、彼女は挙式後の披露宴から姿を消したまま、行方不明になってしまった。当時、アメリカで成功した平民が、家門の尊厳をはかるため、イギリス貴族に縁組を求めることがめずらしくなくなっていた。多額の持参金を受け取りつつも、ホームズの前で体面を重んじたセント・サイモン卿は、妻が望外の名誉に錯乱したことにしたい様子だった。

夜になり、セント・サイモン卿とモールトン夫妻が下宿に集合。そのモールトン夫人こそ、ほかならぬハティーだった。数年前にモールトンと結婚したハティーは、彼が死亡したと早合点してセント・サイモン卿と結婚。しかし、モールトンは生きていた。式場の教会で彼の存在に気がついたハティーは、二人で身を隠すことにしたが、彼女の名刺入れに残っていたホテルの請求書の切れ端を手がかりに、ホームズが所在を突き止めたのだ。

もしもホームズが社交界のパーティーに出席したら、おそらくは人気者となったことだろう。主催者はホームズを皆に紹介するのに大わらわ。あの有名なホームズさんを知っていると、よそで話のたねにしたいというだけの人々に、お愛嬌を振りまくなんてうんざりだ。探偵談をせがまれるのはまだましとして、家族や親族の自慢話がはじまったら、さも感心した風を装って、白々しいお世辞を口にしなければならない。ホームズには名士扱いされて悦に入るような趣味はなかったのだ。ドイルにしてもまたしかり。彼はひとかどの社交家だったが、有名になってからも気さくな集まりを好んだ。いわゆる社交界というものは、どうも苦手だったようである。

"This looks like one of those unwelcome social summonses which call upon a man either to be bored or to lie."

「これはありがたくもない社交関係の招待状のようだ。それって人を退屈させるか、うそつきにするかのいずれかだね」

『未婚の貴族』

もしもやましいことがあるならば、うそのいい訳でも考えそうなものではないか。

銀行の頭取ホールダーが担保に預かった宝冠を自宅に持ち帰り、化粧室のたんすにしまった。その夜、彼が目をさますと、化粧室で道楽息子のアーサーが宝冠を手に取り、ねじ曲げようとしている。宝冠からは三個の緑柱石をあしらった部分が消えていた。ホールダーは弁明を拒否したアーサーを、窃盗容疑で警察に突き出した。なにゆえに、アーサーは口を閉ざしているのだろう。「もしも彼の目的にやましいことがないならば、そのように話せばよいでしょう」とするホールダーに、「もしもやましいことがあるならば、どうして彼はうそのいい訳を考えようとしなかったのでしょうか」と、ホームズが応じた。

不都合な事態を取り繕うために、思いつきでその場しのぎの弁解をしたら、やましいことがあるのかと疑われ、かえって厄介なことになる。ましてや、ホールダーはアーサーを信用していなかった。釈明が困難なときには、沈黙するのもまたひとつの策であろう。

これはまさにドイルの流儀だった。ホームズの人気が高まるにつれ、熱心に精読するファンが増え、作品中の記述について、あまたの誤りが指摘されるようになっていた。例えばの話、東向きの玄関に西日が差し込んでいるのに、気がつかなかったこともある。それでもドイルは、ひとことも読者に対して釈明しなかった。単行本が刊行されるときにも、原則として問題の記述を訂正しようとはしなかった。こじつけめいたいい訳をしても、恥の上塗りになるだけだ。ひたすら沈黙を守ることにした。

もっとも、この禁を一度だけ破ったことがある。『貴族学校』（第六章）では地面に残った自転車の跡を調べたホームズが、後輪の深い跡と前輪の浅い跡が重なった様子に着目すれば、自転車の進行方向を特定できるのだとワトソンに解説する。一般論としてはタイヤの溝が左右対称ならば、方向が特定できるはずはない。よほど挑発的な投書が寄せられたのか、なんとドイルは雑誌の数ページに渡って反論を展開したが、あまりのこじつけに世間は納得しなかった。見苦しいにもほどがあると、笑いものになってしまった。

"And if it were guilty, why did he not invent a lie?"

「それに、もしもやましいことがあるならば、どうして彼はうそのいい訳を考えようとしなかったのでしょうか」
注）文中の "it" は "his purpose（アーサーが宝冠を持ち出した目的）" を指す。

『緑柱石の宝冠』

彼女は自分だけが彼の心をつかんだと、舞い上がってしまった。

宝冠を持ち出したのは、同居していた姪のメアリーだった。彼女をそそのかした恋人のジョージ卿に三個の緑柱石は奪われたが、アーサーは彼から宝冠を取り戻してきたところを目撃され、犯人だと誤解されてしまった。彼が沈黙したのは、メアリーをかばってのことだった。ジョージ卿を拳銃で脅したホームズは、転売先を聞き出して緑柱石を買い戻した。メアリーの背信行為を聞いて驚くホールダーに、「彼女は自分だけが彼の心をつかんだと、舞い上がってしまったのです」と、ホームズがその動機を解説した。

アーサーはドイル、そしてメアリーは彼の母親の名である。ここでドイルの実家の事情を振り返ってみる。ドイルの父チャールズは官僚とはいえ、薄給の下級職員だった。おまけに粗暴な傾向があり、酒に酔っては暴力をふるうという日々。幼いドイルは父親を憎悪する一方で、温和な母親に尋常ならざる思慕の念を抱いていた。ドイルが十七歳のとき、アルコール依存症が悪化した父親は療養所に入り、さらには精神病院に移された。チャールズが失職すると、ドイル家に下宿していた若い医師のウォーラーが、メアリーたちの生活を支援するようになった。そして、ドイルが二十三歳でポーツマスに医院を開いた頃、夫を見限ったメアリーは、ウォーラーとの不倫に走り、一家は離散してしまった。

やがて作家として成功したドイルを、母メアリーは溺愛した。そして、ドイルはなにごとも彼女に相談し、その意向に従っていた。メアリーは「私はあなたにとって神の使いです」と、四十歳を超えたドイルに諭したことがあるという。現実世界でメアリーに頭の上がらないドイルは、虚構の世界で彼女の裏切りを告発した。その第一作がこの『緑柱石の宝冠』だが、作品中ではドイルの分身たるアーサーが、メアリーの背信行為を隠蔽しようとしたことが興味深い。結末の部分で、ホームズはメアリーが遠からずして十分な罰を受けるだろうと語り、母メアリーがウォーラーと一緒にいても幸せになれないことをほのめかしている。

> “When he breathed his vows to her, as he had done to a hundred before her, she flattered herself that she alone had touched his heart.”
>
> 「かつて彼が百人の女性を口説いてきたように、愛の誓いを彼女に囁いたとき、彼女は自分だけが彼の心をつかんだと、舞い上がってしまったのです」
>
> 『緑柱石の宝冠』

給料がよい、よすぎますね。それが不安なのです。

バイオレット・ハンターは失業中の元家庭教師。彼女が自慢にしていた栗色の髪の毛を短く切ることを条件に、ぶな屋敷と呼ばれるルカッスル家で働く口が舞い込んだ。気を悪くしたバイオレットは、ルカッスルの申し出を断ったが、今日の食事さえも危なっかしい状態だった。そこへ年俸を百二十ポンドに引き上げるという申し出が、ルカッスルから寄せられた。これは世間相場の約三倍。生活のことを考えれば、袖にはできなかった。ホームズは「給料がよい、よすぎますね。それが不安なのです」と、バイオレットに警告。高給を支払うからには、なにか深い理由が裏に隠れているはずだと考えた。

金銭に困った人を利用するために、高額の報酬を提示するという設定は、『赤毛連盟』や『技師の親指』(ともに本章)と同様である。『ぶな屋敷』の冒頭、ホームズは「芸術のために芸術を愛する者は、とるに足らない平凡な現象の中に、激烈な喜びを見いだすことがしばしばある」と、自らの心情を述べている。そして「大事件の時代は過去のものとなった。人は、少なくとも犯罪者は、冒険心と独創性を失ってしまったのだ」と、ワトソンに嘆いてみせた。一八八〇年代には、切り裂きジャック事件に代表される凶悪事件が頻発したが、一八九〇年代に入って沈静化。一八九〇年にはイギリスが経済恐慌に陥り、失業者が街にあふれたことから、金銭目当ての身近な小事件が主流となったようで、このあたりの世相が作品にも反映されている。

同じく『シャーロック・ホームズの冒険』に収録された作品のうち、ホームズは『ボヘミアの醜聞』と『青い紅玉』と『緑柱石の宝冠』において、それこそ一日か二日で、一件あたり千ポンドを稼いでいる。また、『赤毛連盟』では曖昧な請求をしたが、銀行から大金が盗まれるのを防いでいるし、『未婚の貴族』のハティー・ドランは大富豪の一人娘だから、いずれも相応の金額が支払われたはずだ。一方のバイオレットは、年百二十ポンドのために、不本意な条件を承諾しなければならなかった。現在の貨幣価値に照らして、一ポンドを二万四千円で換算しても、ホームズには端金である。この「給料がよい、よすぎますね」には、階級間における金銭感覚の相違が、如実に語られている。

“Well, yes, of course the pay is good—too good. That is what makes me uneasy.”

「ええ、そうですね、もちろん。給料がよい、よすぎますね。それが不安なのです」

『ぶな屋敷』

いかなる危険なのかがはっきりすれば、もはや危険だとはいえなくなる。

バイオレットの就職話に、ホームズは危険なものを感じた。いかなる危険が予想されるのかと訊かれても、「いかなる危険なのかがはっきりすれば、もはや危険だとはいえないでしょうね」としか返答できなかった。困難に陥ったら、電報一本で駆けつけることを約束された彼女は、ルカッスルの要望どおりに髪を切り、ぶな屋敷に向かうことにした。

もしも給料がよい反面、いつバイオレットが解雇されるかわからない状態にあり、突然の失業という危険を承知の上で、ルカッスル家に就職するのならば、これは「危険（risk）」と表現すべきだろう。しかし、ここでホームズが懸念したのは、彼女の身の安全が脅かされるような「危険（danger）」だった。

しかし、バイオレットの話だけでは、具体的にいかなる危険が潜んでいるのか判然とせず、ホームズとしても策を講じられなかった。それゆえに危険なのだというのがホームズの見解。なんといってもバイオレットは、ホームズが「お嬢さん（young lady）」ではなく、「お嬢ちゃん（girl）」と口をすべらせるような若い娘だった。金銭の問題がないのならば、あえて危険に飛び込む必要はない。そこでホームズは自分の妹には就職してほしくないところだとか、若い女性には好ましくない家庭のようだとか、彼女に諭したのだ。

二週間後、バイオレットが救援を求めてきた。世間の目がある都会よりも、ぶな屋敷のような一軒家が点在する田舎の方が、陰湿な犯罪が露顕しにくいものだと、ホームズは警戒心を強くした。バイオレットによれば、ある日のこと、彼女は青い服を着せられ、客間で窓に背中を向けてすわるように指示された。ルカッスルがおかしな話をはじめたので、彼女はすっかり笑いこけてしまった。しかし、二度目のとき、窓の外をひそかにうかがってみれば、街道に見知らぬ男性が立っていた。ルカッスルに促されるまま、バイオレットは男性を追い払う真似をしてみせたという。また、屋敷内では誰も住んでいない棟に、ルカッスルが出入りしていた。好奇心に駆られたバイオレットが探ってみたところ、そこには誰かが監禁されていた。

"It would cease to be a danger if we could define it," said he.

「いかなる危険なのかがはっきりすれば、もはや危険だとはいえないでしょうね」と、彼はいった。

『ぶな屋敷』

まずは子供を研究することで、その親の性向を洞察できたことがたびたびある。

バイオレットによれば、ルカッスルの息子はどうも性格が悪く、小動物をいじめてばかりいるという。子供のことなど事件には関係がないとするワトソンの見解に対して、「まずは子供を研究することで、その親の性向を洞察できたことがたびたびある」と、ホームズが反論した。

医者のワトソンは受け持った子供の性向を知るために、親と面談して診療の参考となる情報を集めたりする。親を知れば、子供がわかるという方法論である。一方、ホームズが唱えているのは、子供を知れば、親がわかるという逆の方法論で、子供がモンスター・チャイルドならば、親はモンスター・ペアレントの可能性があるという理屈。すなわち子供は成長の過程で、同居する親の影響を受けているという前提に立ち、子供の性格や素行を参考に、親の性格を洞察した上で、親への対処法を決めるのだ。

逆説的に解釈すれば、実はエドワード王太子への当てこすりにもなっている。国民のお手本にならんとしていた、ヴィクトリア女王と夫君アルバート公に反発したのか、王太子はおよそ品行方正とはいえなかった。なにしろケンブリッジ大学に在学中、よほどの問題を起こしたようで、アルバート公が説教に出かけたほどだった。このときに腸チフスを患っていた彼は長旅がたたり、その二週間後に他界。女王をすっかり落胆させてしまった。さらにこれを一般論化すると、子供が不行跡を重ねたら、親の責任も否めないのではないかと疑われ、親の名を汚しかねないという警告になる。

監禁されていたのは、ルカッスルの先妻の子のアリスだった。ルカッスルに財産を譲るように強要されたが、ファウラーという恋人がいた彼女は同意しなかった。そこでルカッスルは、髪を短く切り、外観がそっくりになったバイオレットをアリスの身代わりに仕立て上げ、ファウラーを追い払わせることにしたのだ。しかし、ルカッスルの使用人を買収したファウラーは、ホームズたちに先んじて屋敷内に侵入し、アリスを救出した。

“I have frequently gained my first real insight into the character of parents by studying their children.”

「まずは子供を研究することで、その親の性向を洞察できたことがたびたびある」

『ぶな屋敷』

ライヘンバッハの滝で宿敵モリアーティーと死闘を繰り広げるホームズ（一二二頁）

第四章
『シャーロック・ホームズの思い出』
The Memoirs of Sherlock Holmes

（1894年刊、短編集、収録作品の年号はストランド誌への掲載年）

『白銀号』 Silver Blaze（1892年）
競争馬が連れ去られ、調教師が殺害された事件。

『黄色い顔』 The Yellow Face（1893年）
人妻が夫の目を忍んで、近所の家に出入りしていた事件。

『株屋の店員』 The Stock - Broker's Clerk（1893年）
株屋に就職が内定した人物が、架空の会社に高給で引き抜かれた事件。

『グロリア・スコット号』 The "Gloria Scott"（1893年）
ホームズの親友の父親が脅迫された事件。

『マスグレーブ家の儀式』 The Musgrave Ritual（1893年）
旧家に伝わる古文書の謎を探っていた執事が、行方不明になった事件。

『ライゲートの大地主』 The Reigate Squires（1893年）
大地主の屋敷に侵入した強盗が、御者を殺害した事件。

『背中の曲がった男』 The Crooked Man（1893年）
陸軍大佐が口論の末、妻に殺害された事件。

『入院患者』 The Resident Patient（1893年）
医院に下宿していた患者が自殺した事件。

『ギリシャ語通訳』 The Greek Interpreter（1893年）
ギリシャ人が監禁され、脅迫されていた事件。

『海軍条約』 The Naval Treaty（1893年）
秘密条約の文書が、外務省の担当者の執務室から盗まれた事件。

『最後の事件』 The Final Problem（1893年）
ホームズが犯罪王モリアーティー教授と対決した事件。

ひとつの推理が正しければ、必ずや他にも正しい推理が導き出される。

ウェセックス杯に出走予定の名馬白銀号が行方不明となり、調教師のストレーカーが殴り殺された。当日の夜、白銀号の見張り番は、夕食のカレーに混入されたアヘンで昏睡していたほか、厩舎で飼っていた犬が吠えなかったという。犯行現場から蹄鉄の跡を追ったホームズによって、白銀号の所在は判明。ホームズは「なにが起きたのかを想像し、自ら立てた仮説に基づいて行動することで、自分たちが正しかったということがわかるのだ」と、ワトソンに語った。ストレーカーは競馬で不正に儲けるため、白銀号が出走できないように脚を傷つけようとして、逆に蹴り殺されてしまったのだ。

ホームズは、白銀号を連れ出した人物が、見張り番を昏睡させるべく、夕食のカレーにアヘンを混入したという前提から出発した。確かにカレーならば、アヘンの風味が消えて好都合だ。そして、献立をカレーに決めることができるのは、ストレーカー夫妻のいずれかである。犯人がストレーカーならば、犬が吠えなかったのも当然だ。ホームズはストレーカーが献立をカレーに決めたという推理が正しければ、彼が見張り番のカレーにアヘンを混入したという推理を導けるのだと、事件の関係者一同に解説。いわく、「ひとつの推理が正しければ、必ずや他にも正しい推理が導き出されるものなのです」である。

考察が正しければ、それを踏まえて次なる正しい考察が導かれ、最終的に妥当な結論にたどり着く。ところが、最初の考察が誤っていると、途中で考察が行き詰まったり、誤った結論に向かったりする。結論の妥当性に疑問を感じたときは、前提とした仮説が妥当なのかどうかを、再考してみる必要がある。最初は根拠が曖昧な想像にすぎずとも、しかるべき裏付けが得られたときには、この想像が事実に転じる。ホームズにとっての想像力とは、現実の問題を解決するための叡知だった。

白銀号を盗んだ男（右）を問い詰めるホームズ

"Before deciding that question I had grasped the significance of the silence of the dog, one true inference invariably suggests others."

「結論を出す前に、犬が吠えなかったことの重要性を考えていました。ひとつの推理が正しければ、必ずや他にも正しい推理が導き出されるものなのです」

『白銀号』

不眠は働くよりも遊ぶよりも、人の神経を悩ますものだ。

依頼人のマンローは心配ごとが原因で眠れないらしく、目まいがするように、椅子に倒れ込んでしまった。そこでホームズは、「不眠は働くよりも遊ぶよりも、人の神経を悩ますものです」と、わざと気軽そうに愛想よく応じた。思慮分別があり、世事に長けた者としての立場からも、ホームズの意見が聞きたいというマンローに、ことの次第がはっきりするまでは、あれこれと悩まないようにとホームズが助言した。

ホームズは探偵業に関する限りは、暇を持て余すよりも、多忙な方を好んだので、必ずしも仕事で神経を悩ますことはなかった。『ライゲートの大地主』（本章）の記述によれば、不眠不休で五日間も働き続けたことが一度ならずあり、さすがにこのときは体調を崩し、寝込んでしまったことになっている。また、遊びごとにしても、仕事の合間の息抜きだったから、こちらも神経を悩ますものではなかった。したがって、文中の「仕事（work）」と「遊びごと（pleasure）」は、ホームズ本人を含めるものではなく、一般論的な意味に解釈するのがよさそうである。

ただし、いらいらと気をもまないのが流儀のホームズでも、調査活動が進展しないと、ときには焦燥に駆られて、眠れなくなることがあった。例えば『四人の署名』（第二章）で、殺人強盗犯が雇った快速艇の探索がはかどらなかったとき、徹夜で室内を歩き回っていた。翌朝にはすっかり憔悴してしまい、体がまいってしまうと、ワトソンにたしなめられたほどである。このあたりは、仕事で忙しく、眠る時間がないので眠れないのとは、根本的に事情が異なるだろう。

ちなみにホームズはワトソンと知り合った頃、夜の十時には床に就くほどの早寝早起きだったが、ほどなく夜更かしの朝寝坊になっている。そして『金縁の鼻眼鏡』(第六章)では、大嵐の夜に誰かが訪ねてきたとき、「美徳のある人々は、誰もがとっくに眠っている」と、ワトソンに語った。しかし、『スリー・クォーターの失踪』(第六章)では、「今日は早く寝よう。明日は波瀾に富んだ一日になりそうだ」と、ワトソンに促している。ホームズにしても、活力の源は睡眠だったようである。

“That tries a man’s nerves more than work, and more even than pleasure.”

「それ(不眠)は働くよりも遊ぶよりも、人の神経を悩ますものです」

『黄色い顔』

いかなる事実でも、漠然とした疑惑よりはましである。

マンローはアメリカ籍の未亡人エフィーと結婚し、幸福に暮らしていた。ある日、妻に請われるままに百ポンドの小切手を渡したが、その二ヶ月後に近所の空き家に引っ越してきた者がいた。マンローが眺めていると、二階の窓に死人のような黄色い顔が現れ、すぐに室内に消えてしまった。しかも、エフィーが人目を忍ぶようにして、夜中にこっそりと問題の家を訪ねるようになったという。マンローに問い詰められても、彼女はなにも打ち明けようとはしなかった。ホームズはエフィーが恐喝されていると即断。ワトソンは推測にすぎないと忠告したが、ホームズは合致しない新事実が判明したら、そのときに考え直せばよいとして、自説を曲げなかった。

夕方になって再会したマンローは、なにがあっても黄色い顔の正体を確かめるつもりでいた。「いかなる事実でも、漠然とした疑惑よりはましですな」と、ホームズも賛成。エフィーの制止を無視してホームズたちが踏み込んだところ、住んでいたのは彼女の娘とその乳母だった。エフィーの亡夫は黒人で、二人の間に黒人の娘がいたことを、マンローには話せず、アメリカから呼び寄せた娘に黄色い仮面をかぶせていたのだ。

疑心暗鬼を生ず、というのだろうか。疑いはじめると猜疑心がつのるばかりで、不安が不安を生んでしまう。このときエフィーに不倫めいたものを感じたマンローの忍耐は限界にきており、もはや彼女の行動を放っておけなかった。ホームズはマンローの決意を確かめた上で、強攻突破に賛成した。たとえ不都合な事態に陥ることが予想されても、目の前の問題を処理することを優先したいのであれば、事実を正しく把握することが解決に向けた第一歩だ。調べてみれば、取るに足らないことだとわかり、心配して損したなどということもある。放置できないことだったら、あらためて対策を練ればよい。少なくとも漠然とした不安は解消するはずだと、ホームズは考えていたにちがいない。

『黄色い顔』では、ホームズの失敗談としての側面のみが強調されがちだが、いかに望ましくない現実ではあっても、その現実を直視する勇気を持つべしという、ホームズからの呼びかけも読み落としてはならない。ただし、現実が直視できないほどに深刻なものだと判明したときには、『同一人物』や『ボスコム谷』(ともに第三章)のように、依頼人に真相を告げないことも、またしかるべき配慮だといえる。

“Any truth is better than indefinite doubt.”

「いかなる事実でも、漠然とした疑惑よりはましですな」

『黄色い顔』

一連のできごとをもう一度聞くのは、自分にとっても有益だ。

株式仲買のコクソン商会が倒産し、そこに勤めていたパイクロフトが失業。同業の大手モーソン商会に履歴書を送ったところ、面接なしで採用が内定した。ところが、今度はそのパイクロフトを、バーミンガムに事務所を構える金物商が高給で引き抜いた。パイクロフトが出勤してみると、そこは実態のない幽霊会社で、しかも彼を採用した者と、その兄を称する経営者は同一人物だった。不審なものを感じたパイクロフトがホームズに相談。

「一連のできごとをもう一度聞くのは、私にとっても有益なことです」と、ホームズはワトソンの前でもう一度、同じ話をしてほしいと、パイクロフトに促した。ホームズたちがバーミンガムに到着したとき、ロンドンではパイクロフトになりすました偽者がモーソン商会に潜入し、同社が保管している有価証券を盗み出そうとする事件が起きていた。

物語の展開上、ホームズが依頼人から事情を聴取したあとで、ワトソンが調査活動に参加するとき、ホームズの口からそれまでの経緯を説明することもあれば、あらためて依頼人に同じ話をくり返すように求めることもあった。

一般的には、他人に同じ話をくり返させないのがよいとされる。話す側としては二度手間になって煩わしいし、あまり熱心に話を聞いていなかったのかと、誤解される場合もあるからだ。しかし、『株屋の店員』ではロンドンからバーミンガムまで、一時間あまりもかかるし、当のパイクロフトが憤懣やる方なく、不満をぶちまけたい様子だったので、特に問題はなさそうである。なにぶんにも事情が複雑なので、ホームズにしても二度目になると、最初はさほどに意識しなかったことが、大いなる疑問点として、頭をもたげてきたり、曖昧だった点が鮮明になったりするかもしれない。また、パイクロフトにしても、なにか忘れていたことを思い出したりするかもしれない。その意味では、聞く側のホームズのみならず、話す側のパイクロフトにとっても、決して無益なことではないはずだ。

『ソア橋』（第九章）のように「話をはしょりすぎたかい、それともよくわかったかい」と、逆に説明役のホームズから確かめてくることもある。かように同じ話をくり返すように求めることは、必ずしも失礼な対応とはいえない。早合点からくる勇み足を防ぐなど、なにがしかの理由があるものだ。

“It will be of use to me to hear the succession of events again.”

「一連のできごとをもう一度聞くのは、私にとっても有益なことです」

『株屋の店員』

彼はほとんどの面でぼくとは対照的だったが、いくぶんは共通点もあった。

ホームズが学生時代の思い出をワトソンに語った。ホームズにはトレバーという親友がおり、「ほとんどの面でぼくとは対照的だったが、いくぶんは共通点もあった」という。夏休みにホームズがトレバーの実家に招待されたとき、ハドソンなる人物が出現。トレバーの父親はかつて流刑に処されたとき、囚人船の反乱に加わり、脱出に成功した。その過去を知るハドソンが脅迫にやってきたということだった。

学生時代のホームズはあまり社交的ではなく、いつも自室に閉じこもっていた。スポーツ競技にしても、ホームズが好んだのはフェンシングとボクシングだけで、ラグビーやボートレースなどの団体競技とは縁がなかった。研究対象も独特なものだったので、他の学生たちと付き合う機会には恵まれなかった。そんなホームズにとって、ひょんなことで知り合ったトレバーが唯一の親友だった。彼はホームズとは対照的に血気盛んな青年だったが、二人とも友人がなく、父親が裕福な地主だったという共通点があったのだ。

磁石の同極のように、似た者同士はなにかと反発することが多い。そうかといって、なにも共通点がないと、今度はすれ違いになってしまう。ホームズにしてもまたしかり。付き合って楽しかったのは、相違点が目立つけれど、いくらかは共通点のある者だった。相違点は互いを退屈させず、共通点は互いに親近感を抱かせる。このあたり、なかなかホームズの言葉はいい得て妙である。

ワトソンはどうだったか。上流階級に生まれながら、長男ではないために財産が相続できず、中流階級の末席に落ちぶれてしまったこと、品格や社会正義を重んじる紳士だったこと、そして能力の問題はさておき、探偵活動が大好きだったという共通点があった。

実生活において、ドイルには友人が多かった。人気者だったといってもよい。ことあるごとに対立した劇作家のバーナード・ショーとも、個人的には親しかった。相違点ばかりが目立つ二人だったが、少なくとも文芸愛好家という共通点はあったのだ。

“(He was) the very opposite to me in most respects, but we had some subjects in common”

「(彼は) ほとんどの面でぼくとは対照的だったが、いくぶんは共通点もあった」

『グロリア・スコット号』

仕事が順調になるまで、ぼくが最初はどんなに困っていたか、きみには理解できないだろう。

散らかった居間を片づけるため、ホームズが寝室から持ってきた箱には昔の事件記録が入っていた。「仕事が順調になるまで、ぼくが最初は顧客の獲得にどれだけ苦労したか、そしてどんなに長いこと辛抱しなければならなかったか、きみにはほとんど理解できないだろう」と、ホームズがワトソンに無名時代の思い出を話しはじめた。

いかにホームズとはいえ、最初から大探偵だったものではない。原典から推定したところでは、探偵の看板を掲げてから、国際的な名声を得るまでに、実は十年近くもかかっている。ホームズが借りた自宅兼探偵事務所には訪ねる人もなく、開店休業の状態だった。しかし、彼はくさったりはしなかった。ありあまるほどの時間を活用し、将来における成功を信じて勉強を続けながら、機会を待っていたのである。

『ササッサ谷の謎』（ホームズものではない）がチェインバーズ・ジャーナル誌に掲載され、ドイルが作家デビューしたのは二十歳のときだった。原稿料は三ギニー（三ポンド三シリング）だから、一ポンドを二万四千円で換算して、現在の貨幣価値で八万円にもならなかったが、作家業によるはじめての収入に有頂天になっている。彼が小説家として名をなしたのは、『ボヘミアの醜聞』（第三章）と『白衣の騎士団』（歴史小説）を発表した三十二歳のとき。ホームズの第三作となる『ボヘミアの醜聞』では原稿料三十五ポンド、『白衣の騎士団』では原稿料と単行本の印税を合計して五百五十ポンドを稼いでいる。デビューから十二年。ようやく小説家として恥ずかしくない収入を得られるようになったのだ。ホームズの下積み時代の話には、そのままドイルの下積み時代が反映されている。これは同時に、それぞれの分野において、志を持ちながらもまだ芽の出ない人々に対する激励のエールだったと受けとめてよいだろう。

不遇時代のホームズの顧客となったマスグレーブ

"You can hardly realize, then, how difficult I found it at first, and how long I had to wait before I succeeded in making any headway."

「仕事が順調になるまで、ぼくが最初はそれ（顧客）の獲得にどれだけ苦労したか、そしてどんなに長いこと辛抱しなければならなかったか、きみにはほとんど理解できないだろう」
注）文中の“it”は“a connection（顧客）”を指す。

『マスグレーブ家の儀式』

他人が失敗したことも、自分ならば成功すると信じて疑わなかった。

大学の知人だったマスグレーブが、学生時代に探偵の真似事をしていたホームズの評判を思い出して訪ねてきた。彼は由緒正しき旧家の子孫で、他界した父親に代わって家督を継いでいた。四年ぶりに再会したマスグレーブは、衆議院議員にも選出され、すでに名士らしい風格を備えていた。本職の探偵になったのかと訊かれたホームズは、「自分の知恵で生計を立てている」と応じた。数ヶ月も仕事がなく、失業同然の身ではあっても、ホームズなりに見栄をはりたかったのかもしれない。

マスグレーブによれば、彼の家に伝わる古文書を研究していた執事のブラントンが、行方不明になってしまい、警察に相談しても埒が明かなかったという。ホームズは警察が頼みにならなかったと聞き、「他人の失敗したことも、自分ならば成功すると心の底から信じて疑わなかった」と、しり込みするどころか、ますます意気込んだことを、ワトソンに語った。自らの能力を試すとともに、探偵として名を上げるチャンス、待ち望んでいたチャンスの到来だったのだ。

マスグレーブ家に到着したホームズは古文書の謎を解き、屋敷の地下室の穴蔵で、ブラントンの死体とチャールズ一世の王冠を発見。彼はかつて恋仲だったメイドに裏切られ、秘宝もろとも穴蔵に閉じ込められてしまったようだった。

　他者が失敗したことを失敗しても人並みなのだから、なにも卑下することはない。そして、他者が成功したことを成功しても、まだまだ上には上があると認識して、なにも自惚れることはない。ホームズが名探偵と評価されるゆえんは、他者には解決できなかった事件を解決してみせるからだ。しかし、他者の失敗はあくまでも発奮材料であって、それを引き合いにして自らの成功を誇ることはなかった。全作品中、捜査活動において競合した警察官や探偵が、ホームズ抜きでもほぼ解決したといえるのは、『背中の曲がった男』（本章）、『六つのナポレオン』（第六章）、『ウィステリア荘』『赤い輪』（ともに第八章）、『引退した絵具屋』（第九章）というあたり。かようなとき、ホームズは競争相手の成功をくさすような真似はしなかった。

"In my inmost heart I believed that I could succeed where others failed, and now I had the opportunity to test myself."

「他人の失敗したことも、自分ならば成功すると心の底から信じて疑わなかった。そして、そのときに自分を試す機会を得たんだよ」
『マスグレーブ家の儀式』

なにごとも調べてみるのがよい。調査したのは無駄でなかった。

激務で体調を崩したホームズを、ワトソンがライゲート付近のヘイター大佐の屋敷で静養させることにした。しかし、逗留先で殺人事件に遭遇。大地主であるカニンガム家の息子アレックは、彼の家の御者カーワンが、戸口の外で強盗と格闘するうちに拳銃で射殺され、犯人は庭を横切って逃げたと証言した。担当のフォレスター警部はこの証言を重視していたが、ホームズが死体を調べてみたところ、カーワンはかなり離れた場所から撃たれていた。これはアレックの証言と矛盾する。カーワンが射殺されたことに疑問を抱いているのかと誤解した大佐に、ホームズは「なにごとも調べてみるべきです。私たちの調査は無駄にはなりませんでした」と、検証調査の必要性を説いた。

ホームズは事件発生の第一報がもたらされたときに、カーワンが射殺されたことを聞き及んでいた。現在のような科学捜査の手法がさほどに研究されていない時代、状況証拠が揃っていれば、あまり死体を検分する意味もなかったが、あえて自ら確かめた結果、離れた場所から撃たれたという新事実が判明。ホームズはアレックの証言を排除することにした。また、空振りに終わった場合でも、無駄手間にはならなかったはずである。アレックの証言が裏付けられたことになるからだ。

自らの疑念がアレックに漏れ伝わらないよう、子細を明かさなかったため、かようなホームズ流の検証調査が、門外漢のヘイター大佐には理解できなかった。彼の死体検分に立ち会ったフォレスター警部に至っては、過労が原因でホームズが精神を病んでいるのではないかと、不安を抱いたほどである。さらにホームズはアレックを信用していないにもかかわらず、彼と父カニンガムに事情聴取。犯人が逃げるときに生け垣を乗り越えた場所を聞き出した。これも決して無駄なことではない。さらなる矛盾が生じれば、その分だけカニンガム父子に対する嫌疑が濃くなるからである。

ホームズ流の検証調査を、一般論化しても問題はないだろう。疑問があろうとなかろうと、なにごとも確認してみるのがよい。いかなる結果が得られようとも骨折り損にはならないのだ。

"Oh, it is as well to test everything. Our inspection was not wasted."

「そうですね、なにごとも調べてみるべきです。私たちの調査は無駄にはなりませんでした」

『ライゲートの大地主』

多くの事実の中から、偶然と必然を識別することが重要だ。

カーワンは呼出し状のような手紙の切れはしを握っていた。ホームズの策にかかったカニンガムは、犯人逮捕に賞金を出す書面の文字を訂正。彼の筆跡は手紙の切れはしに記された筆跡と同じだった。アレックがカーワンを射殺したのならば、手紙を引きちぎって奪ったのはアレックだ。また、アレックは犯人がカーワンを撃ったあと、すぐに逃げたと証言しているので、アレックが犯人でないにしても、やはり彼が手紙を奪ったことになる。いずれによ、必然的にアレックしかいないと、錯乱したふりをして隙を突いたホームズが、彼の寝室で証拠となる手紙を発見。カニンガム父子はホームズに襲いかかったところを、フォレスター警部に逮捕された。ホームズは「多くの事実の中から、なにが偶然でなにが必然かを識別することが最も重要です」と、捜査の手法を関係者一同に解説した。

「偶発的な（incidental）」と「重要な（vital）」が対比されているため、それぞれを偶然と必然に解釈した。偶然的な事実を排除し、気力と注意力を必然的な事実に集中させるのがホームズの流儀。『ライゲートの大地主』では、カーワンが握っていた切れはしに気力と注意力を集中させ、その必然的な結果としてアレックの偽証を見破り、事件を解決に導いた。これはなにも探偵学に限ったことではない。いわゆる二匹目のドジョウとは、柳の下にドジョウを見つけたという偶然的な事実を、必然的な事実だと誤解するたとえにほかならない。つまり偶然と必然が識別できなかったことを意味している。

また、自分にとって都合の悪い事実は、それが必然的な事実であることを認めず、単なる偶然的な事実だと片づけてしまいたいのが人情だ。全作品を通じて、警察の勇み足による誤逮捕例がいくつかあるが、おおかたは目の前の事実の説明に窮したとき、それが必然的な事実であるにもかかわらず、無理やりに偶然的な事実だと見なして排除したことに起因する。ホームズは些細なことの重要性を強調している。些細なことだというのは主観的な判断にすぎず、必然的な事実かどうかを判断したものではないからであろう。

"It is of the highest importance in the art of detection to be able to recognize, out of a number of facts, which are incidental and which vital."

「探偵学においては、多くの事実の中から、なにが偶然でなにが必然かを識別することが最も重要です」

『ライゲートの大地主』

決して先入観をもたず、いかなるものであれ、事実の導いた結論には従うことにしている。

カニンガムは大地主で治安判事を務めていた。かような名士の父子が、いかに隣接する大地主のアクトンと地所をめぐって争っていたとはいえ、裁判で不利な証拠書類を盗み去るべくアクトン家に侵入し、それをたねに恐喝してきたカーワンを殺害するなど、地元警察のフォレスター警部には想像もつかないことだった。目の前でホームズが彼らに喉を締め上げられても、引き離されたアレックが拳銃を抜くまで、なにかの間違いだろうと思っていた。ところが、静養に訪れたばかりのよそ者で、近隣との付き合いがなかったホームズには、無条件でカニンガム父子を信用する理由がない。アレックの証言に不自然なものを感じたので、最初から容疑者をカニンガム父子にしぼって捜査に着手した。ホームズのいわく、「私は決して先入観をもたず、いかなるものであれ、事実の導いた結論には素直に従うことにしています」である。

この先入観は主観性で、事実の導いた結論は客観性の問題。第三者ならば気楽だが、自分が当事者となった場合、先入観をもたずに、ものごとを処理するのはなかなか難しい。必然と偶然の識別と同様、たとえ事実に導かれた結論であれ、自分にとって都合の悪い結論には従いたくないものだ。もしもアレックが拳銃を抜かなかったら、フォレスターには有力者のカニンガム父子を逮捕することが難しかった。誤逮捕となったとき、左遷などは序の口で、辞職に追い込まれる可能性も否めない。主観的な判断に基づいて逮捕したのではなく、あくまで客観的な判断だったのだと、その裏付けになりそうな根拠を無理に捜し集めて、自己弁護に腐心する苦労を思えば、彼が躊躇したのも当然だろう。実はホームズも『唇のねじれた男』（第三章）では、当初は先入観に基づく判断によって調査していたような観がある。しかし、途中で自らの判断に疑問を抱いてからは、事実の導いた結論に従い、軌道修正をはかることで真相を解明している。

“I make a point of never having any prejudices, and of following docilely wherever fact may lead me”

「私は決して先入観をもたず、いかなるものであれ、事実の導いた結論には素直に従うことにしています」

『ライゲートの大地主』

初歩的なことだよ。

　真夜中にワトソン家を訪ねてきたホームズが、最近のこと、ワトソンは仕事が忙しいのだろうと、いい当ててみせた。ワトソンは受持ちの患者が少なく、時間がかからないときには、辻馬車を利用せずに徒歩で往診してまわる。しかるに彼の靴は夜になってもあまり汚れていなかった。そこで彼が辻馬車を利用したと、ホームズは推理したのだという。感心したワトソンに、ホームズが「初歩的なことだよ」と応じた。

　あまりにも有名なので、迷った末にシャーロッキアン諸氏からのご批判は承知の上で採録した。確かにホームズは、ワトソンや依頼人に推理力や観察力を披露して、相手を驚かせるという遊びが好きだった。しかし、「なあに、初歩的なことだよ」などと、もったいぶった前置きをしてから、得意気に解説をはじめたことはない。それにもかかわらず、困ったことに、これがまるでホームズの人を見下した口癖であるかのように誤解されてしまった。要はホームズのたね明かしを聞いたあとで、「すばらしいね！」とワトソンが感嘆したので、そんなに感心するほどのことでもないと、謙虚に応じただけのこと。言葉の一人歩きとは、かくのごとく恐ろしいものである。

　この「初歩的なことだよ」は、一八九九年にウィリアム・ジレット（四頁）がホームズを題材とする舞台劇の脚本に、「初歩的なことだよ、わがワトソンくん（“Elementary, my dear Watson.”）」という台詞を挿入してから、有名になったとされているが、脚本中には存在しないことが確認されている。ちなみにジレットが劇中でホームズを結婚させてもよいかと打診して、ドイルが「結婚させても殺してもかまわない」と返信したことは、彼がホームズに愛着を感じていなかった証拠としてよく引用される。

ここでは二人のやりとりが、対句のようになっている。“excellent”の語源の“excel”には、誰々に勝るという意味があり、ワトソンの「すばらしいね！」には、きみにはかなわないよという趣旨が込められている。一方の“elementary”の語源の“element”には、学問などの初歩という意味に限らず、その人のもつ領分という意味もある。したがって、ホームズの「初歩的なことだよ」には、ぼくの得意な領分だからね、そんなに感心しないでくれたまえよという趣旨が込められているのだと、解釈してよいだろう。

“Excellent!” I cried.
“Elementary,” said he.

「すばらしいね！」と、私は叫んだ。「初歩的なことだよ」と、彼はいった。
『背中の曲がった男』

正義か否かを確かめるのは、万人に共通のビジネスである。

バークレー大佐と妻ナンシーが自宅の居間で激しく口論し、使用人たちが駆けつけたとき、大佐は後頭部をこん棒で殴打されて死亡、ナンシーは気絶していた。どうやら居間にはイタチのような動物を連れた謎の人物がいたらしい。ナンシーの友人によれば、事件の少し前に、彼女は路上で背中が曲がった男に遭遇したという。その所在を突き止めたホームズが、「正義が実行されていることを確かめるのは、万人に共通のビジネス（義務）です」と、事件の真相について問い詰めた。

彼の名はウッドといい、三十年前に当時は軍曹だったバークレーと同じ連隊に所属。ナンシーは彼がインドに駐留していたときの恋人だった。しかし、インド大乱のときに、バークレーは恋敵だったウッドを裏切り、敵の手に引き渡してしまった。拷問によって背中が曲がった彼は、マングースとコブラの見世物で生活費を稼ぎながら、五日前に帰国。ウッドに再会して、彼が行方不明となった経緯を聞いたナンシーは激怒し、大佐は彼の姿を見て脳卒中で倒れたときに、居間の暖炉に頭を打ちつけたということだった。

ホームズに問い詰められて、ウッドは彼が警察の者でないことを確かめた。そして、彼には関係のないことだという意味を込めて、あなたのビジネスはなにかと訊いてきた。それに対して、ホームズは正義か否かを確かめるのは、万人に共通のビジネスだと答えたのだ。ここでホームズが口にした正義とは、犯罪その他の違法行為がない状態を指している。また、英語の「ビジネス（business）」には、職責からくる義務という意味もある。ホームズにとって、法令を遵守できない者は、ノー・ビジネスマンだったといえようか。

ドイルは生涯において、あえて火中の栗を拾うことを厭わず、個人的に正義を実行しようとしたことが、少なくとも三回あった。まずは五〇ページに記したエダルジとスレーターの冤罪事件の立証である。彼らのために尽力したのは、公の権威を守るべく、司法官や行政官が結託して、無実の者を収監しているという事実が、公的な組織による犯罪だと認識していたからであった。ベルギー国王レオポルド二世による過酷なコンゴ統治については、一九〇ページに詳述するが、ドイルが自らの著作を『コンゴの犯罪』と題したとおり、レオポルド二世の統治を、人道に対する犯罪だと考えていたのである。

"It's every man's business to see justice done."

「正義が実行されていることを確かめるのは、万人に共通のビジネス（義務）です」
『背中の曲がった男』

楯で守れずとも、正義の剣で復讐はなされるのだ。

トリベリヤン博士に開業資金を提供したブレッシントンは、医院の二階に患者として下宿していたが、数週間前から怯えたようになった。二日前、ロシア貴族を名のる父子が医院に来訪。父親が診察室で強梗症の発作を起こし、博士が薬を取りに行った間に、彼らは煙のように消えていた。ところが、翌日になって再度のこと同じ父子が来訪。前日は事情を知らない息子が、診察が終わったのだと思って、正気に返った父親と帰宅したのだという。

この日は診察が無事に終わり、父子が帰ったあと、今度は散歩に出かけていたブレッシントンが戻ってきた。どうやら父親の診察中、待合室にいたはずの息子が、彼の部屋に忍び込んでいたらしい。ホームズは博士に案内された医院で、ブレッシントンと対面したものの、彼が真実を包み隠さず打ち明けないことを理由に、助力を拒否。次の日の早朝、彼は首吊り自殺に見せかけて殺された。かつてブレッシントンは銀行強盗の一味で、仲間を売って自由と大金を手に入れた。それが数週間前に昔の共犯者たちが出所。二度はブレッシントンが留守で失敗したが、ついに三度目は彼を殺して意趣を晴らしたのだと、ホームズが解説した。

ブレッシントンの裏切りによって、一味は彼を除いた全員が有罪となったので、その意味においては社会に対する功労者だった。それゆえに銀行強盗の罪を償わずにすんだのである。法律はブレッシントンの身を庇護する楯となっていたが、今回は彼を守りとおすことができなかった。しかし、ブレッシントンの殺害犯たちに復讐する正義の剣がまだ残っている。彼らがいずれ必ずや悪事の報いを受けることを、ホームズは「楯で守れなくても、まだなお正義の剣で復讐はなされるのです」と、担当のラナー警部に予言した。

『入院患者』は、殺害犯たちが海難事故で消息を絶った船に乗っていたらしいという、やや曖昧な結末で終わっている。ホームズによればブレッシントンもまた、恥ずべき過去を持つ卑劣漢だった。法律的な免責をもって、道義的な免責としてよいのかは議論の余地がある。それゆえにドイルは彼らにブレッシントンを殺害させた上で、正義の剣による復讐を、法ではなく神の裁きに委ねることにしたのかもしれない。

“though that shield may fail to guard, the sword of justice is still there to avenge”

「楯で守れなくても、まだなお正義の剣で復讐はなされるのです」

『入院患者』

謙遜を美徳だとは思わない。

ホームズの探偵能力には、彼自身の習練のみならず、フランスの画家ベルネの妹だった祖母から受け継いだ要素が、影響を及ぼしているのだという。芸術家の血は特異な者を生む。そして、先祖の遺伝が強く作用したのか、ホームズよりも兄マイクロフトの方が、能力においてすぐれているということだった。しかし、それだけの探偵が世に埋もれているはずはない。ワトソンは、マイクロフトを引き合いにして、ホームズが謙遜しているのではないかと誤解した。そこでホームズが「ぼくは謙遜を美徳のひとつに分類する人々の意見には賛成できないね」と、持論を述べた。

ホームズによれば、理論家はすべてのことを、ありのままに正しく見つめなければならなかった。自らを過小評価することは、過大評価するのと同様、事実に則していないことだった。だから、マイクロフトの方がすぐれた観察力を備えていると、ホームズが評したときには、文字どおりの正確な事実だとワトソンに認識してほしかったのだ。

もってまわった表現なので、見出しの文は暗記しやすいように、思い切り簡略化して翻訳した。円滑な人間関係を維持したいのならば、他人に対して謙遜する必要もあるだろう。しかし、自分自身に対して謙遜する必要があるだろうか。せっかく十の能力を持ちながら、これを七に過少評価してしまったら、七の成果しか得られない。場合によっては七の成果で満足してしまい、最善を尽くしたつもりが、尽くしていないことになる。自分の能力を適正に評価してこそ、十全に能力を発揮できるというものだ。

懸念されるのは、この謙遜という名の過小評価に起因するマイナス思考だった。現状を打開しようという意欲がもてないがゆえに、現状を肯定し、向上心そのものをなくしてしまう。失敗するかもしれない、いや、失敗するに決まっていると、悪い方へ悪い方へと思考が進んでゆく。『論語』で孔子は謙譲の美徳を説いたが、その「雍也篇」では「汝は画《かぎ》れり」と、自らに限界を定めることを戒めている。やはり謙遜とは外に向かうものであって、内に向かうものではなさそうである。

"My dear Watson," said he, "I cannot agree with those who rank modesty among the virtues."

「わがワトソンくん」と、彼はいった。「ぼくは謙遜を美徳のひとつに分類する人々の意見には賛成できないね」

『ギリシャ語通訳』

自分が正しいことを示すよりも、誤っていると思われた方がよい。

ホームズによれば、マイクロフトは彼よりも七歳上。役職は会計監査担当の官僚にすぎないが、歴代の政府に重宝がられ、国家の政策決定全般に深く関与していた。しかし、「自分が正しいことを示すために手間をかけるよりは、むしろ誤っていると思われる方をよしとしているね」というような人物なのだという。

ホームズがワトソンをディオゲネス・クラブに案内し、マイクロフトに引き合わせた。彼はギリシャ語通訳のメラスを紹介。メラスに通訳を依頼したラティマーの屋敷には、ギリシャ人のクラティデスが監禁され、財産を譲るように強要されていた。マイクロフトが新聞に掲載した、たずね人の広告によって、ラティマーの屋敷が判明したが、メラスは拉致されてしまう。ホームズたちが到着したとき、すでに監禁犯のラティマー一味は逃亡。どうにかメラスを救出したものの、クラティデスは炭火の煙に巻かれて死亡した。

また、ワトソンの見るところ、マイクロフトはかなり太めで鈍重そうな人物だった。彼は『ギリシャ語通訳』のほか、『ブルース・パティントンの設計書』（第八章）にも登場するが、並外れた知能をうかがわせる顔だちをしていたにもかかわらず、なにごとにも鷹揚で、捜査活動に参加するときには、いつも一番後ろでもたついている。頭が悪いのでないかと誤解され、侮られることもあっただろう。もしも愚かならば、侮られて当然だから気にすることはない。愚かでなければ、侮る者こそが愚かなのだから、侮られたところで、これまた気にすることはない。しかし、彼の知能を悟る者は悟るもので、政府部内では非公式の官房副長官というべき立場にあった。わからない人にわかってもらおうとして、わざわざ知能が高いことを誇示する必要はない。わかる人にわかってもらえば、それでよいというのが、ホームズの認識するマイクロフト像だった。

ホームズの兄マイクロフト

"He will not even go out of his way to verify his own solutions, and would rather be considered wrong than take the trouble to prove himself right."

「彼は自ら解明したことをあえて実証しようとはしないし、自分が正しいことを示すために手間をかけるよりは、むしろ誤っていると思われる方をよしとしているね」

『ギリシャ語通訳』

バラの花は余分なものだ。

イタリアとの秘密条約の文書が、外務省担当者フェルプスの執務室から盗まれた。彼はワトソンの同窓生。各国の大使館はこの文書を大金で買うだろう。ホームズはワトソンとともにフェルプス家を訪ね、事件の詳細を聞いたあと、一同を前にして、「このバラの花は余分なものです」と、バラの花にちなんだ宗教談義をはじめた。

バラの花は実に美しい。そして、宗教ほど推理を必要とするものはない。推理家は宗教を精密科学にまとめ上げることができる。神が人々に約束した善意は、まさに花の中に込められているような気がする。活力や願望や食料など、花を除いたすべてのものは、生きるのにまず不可欠だ。しかし、このバラの花は余分なもの。花がなくても生きるのには困らないが、その香りや色が生活にうるおいをもたらす。神の善意とは余分なものを与えることである。そして、人々は花から希望というものを得る……。

明解ともいえるし難解ともいえる。「花を除いたすべてのもの」というくだりが極端なれど、ホームズの持論を解釈するに、神は他の動物には生きるのに不可欠なものしか与えなかったが、人には不可欠なものに加えて、余分なものを与えるという格別の恩恵を施した。それゆえに人は余分なものであるバラの花から、神の祝福というものを確信し、将来に希望を抱くのだということになろうか。要約すれば、花は人々に対する神の愛が具現された祝福の証しなのである。

物質的な生活必需品ならば、まずは衣食住だろう。衣はおしゃれ、食はおいしさ、住は快適さなど、余分な要素を加味することで、やはり生活にうるおいをもたらすことができる。一方、バラは花を鑑賞したり、栽培を楽しんだりする用途しかないことになる。この世からなくなってしまっても、差し当たって生活に支障をきたすことはなさそうだ。

もしも余分なものが無用なものならば、良識も道徳も教養もすべてが無用になってしまう。ホームズの探偵能力とて、やはり無用なものとなる。さすれば余分なものとはプラス・アルファーにほかならず、これらを備えることが神の意思にかなったことだと、ホームズは説いている。そもそも豊かさとは、余分なものの集積を意味する。余分なものを持ち、余分なことをするのが余裕ならば、この世に無用のものなどないことになる。必要なものを優先するあまり、余分なものを無用なものだと誤解して、切り捨ててはならない。余分なものを求める気持ちが、神に約束された明日への希望につながるのだ。

"But this rose is an extra."

「しかし、このバラの花は余分なものです」

『海軍条約』

学校は灯台だ、未来を照らす灯し火だ。

フェルプス家からロンドンに戻る鉄道の高架線。車窓から眺める景色は汚らしいものだった。しかし、高いところから建物を見下ろすのは愉快なものだと、ホームズが述べた。スレート葺きの屋根の中に一ヶ所だけそびえた一群の建物は、まるで鉛色の海に浮かぶレンガ造りの島々のようだという。あれは公立の小学校だと、素っ気なく応じたワトソンを、ホームズが「灯台だよ、きみ。未来を照らす灯し火だ」とたしなめた。ひとつひとつの学校は、小さくても有望な数百もの種を育む莢であり、そこからはじけた種が芽を出して、未来のイギリスをもっとすばらしくて思慮深い国にするのだと、熱く語った。

当時のイギリスにおいて、階級の再生産をもたらしていたのが、階級間の学力格差だった。名門のパブリック・スクールから、オックスフォード大学やケンブリッジ大学に進んだ紳士階級の出身者が、政・官・財の各界をがっちりとかためる一方で、労働者階級の子女は教育を受ける機会に恵まれず、職を求めても低賃金の末端労働に甘んじなければならなかった。義務教育が制度化されても、授業料の問題があり、なかなか就学率は上がらなかった。それが、この『海軍条約』が発表された二年前の一八九一年になって、ついに義務教育の無償化が実現。作品中では、ホームズもワトソンも、高等教育を受けた紳士として描かれている。彼らが低賃金の末端労働に従事する者を必要としていたのも、また事実だったが、ホームズは決して労働者階級の子女に失望してはいなかった。

ドイルの生家は、お世辞にも裕福とはいえなかった。そこで就学を危ぶんだカトリック教徒の伯父が学資の世話をして、彼が九歳のときにイエズス会の寄宿学校に入れることにした。宗教的な理由で禁欲的な生活を強いられ、規則の違反者には厳しい体罰が科され、楽しい思い出はほとんどなかった。それでも辛抱の甲斐があって、高等教育が受けられる規定の年齢よりも一年早く、十六歳で大学入学資格試験に合格。エジンバラ大学の医学部に進む道が開かれた。ドイルにとって、教育とはつまらない義務を強制するものにあらずして、将来における飛躍の可能性を保証するものだった。さすれば、学習意欲の低下に起因する学力低下なんて、ぜいたくもよいところ。教育を受ける権利を放棄することは、将来における飛躍の可能性を自ら放棄することなのだと、ドイルは認識していたにちがいない。

> “Light-houses, my boy! Beacons of the future!”
>
> 「（学校は）灯台だよ、きみ。未来を照らす灯し火だ」
>
> 『海軍条約』

可能性があるものを排除してはならない。

ホームズは秘密条約の存在を知る者の一人で、フェルプスの伯父にあたる外相のホールダースト卿を調べるといって、ワトソンを驚かせた。彼はフェルプスに条約文書の翻訳を命じた当事者だった。ホームズによれば、目的のない犯罪ほど解明が困難なものはなく、この事件で利益を得そうな者として、フランスとロシアの大使、さらにはホールダースト卿の名を上げた。ホームズは「可能性があるとなれば、それを排除することはできない」と、ホールダースト卿による政治的な陰謀の可能性をも視野に入れていた。

ホームズたちは外務省でホールダースト卿に面会した。まだ文書が他国の手に渡った形跡がなく、しかも二ヶ月か三ヶ月の内に条約が公開され、文書そのものが無価値になることを本人の口から聞き出して、彼に対する疑惑は氷解。ホールダースト卿が文書を秘密裡に破棄すべく、紛失の責任をフェルプスになすりつける理由はなさそうだった。

面会前に、ワトソンはホールダースト卿のように立派な経歴の政治家が、文書を盗むことはないだろうとの私見を述べた。常識論としては妥当な線である。しかし、ホームズにしてみれば、彼の話を聞くまで予断は禁物だったのだ。

不注意、不手際、監督不行き届き、想定外の事態……。およそこの世で失敗なるもの、おおかたは可能性があるものを排除したことに起因する。ホームズにもいくつかの失敗談があるが、その大半はなにがしかの可能性を見落としていた、つまり無意識のうちに排除してしまっていたことが原因だった。可能性があるものを排除するのは、可能性がないことを検証してからでも遅くはないことを、ホームズは語りかけている。

しかし、ホームズの言葉は、もっと前向きな意味にも解釈できる。夢がかなう可能性、愛を勝ち得る可能性、そして幸福になれる可能性なども、やはり可能性であることには変わりがない。あきらめというものを一種の美徳だと考えて、実現できるはずがないと、悟ったふりをしてもはじまらないだろう。

初対面の場で、ホームズは早くも結論が出たとフェルプスに述べつつも、同時に事件が複雑なので、空虚な期待は抱かないでほしいと戒めていた。予想どおりに捜査は難航したが、それでも彼は犯人を捕らえて、文書を取り戻す可能性を排除していなかったはずである。なにごとも可能性を排除しないことにはじまることを、忘れてはならないのだ。

“It is a possibility and we cannot afford to disregard it.”

「可能性があるとなれば、それを排除することはできない」
注）文頭の “It” は、ホールダースト卿が条約文書を破棄しても、その責任を負わないですむことを指す。
『海軍条約』

この事件で最も困難なのは、証拠が多すぎたことだった。

条約文書を盗んだ犯人は、フェルプスの婚約者アニーの兄ハリソンだった。彼はフェルプス家に滞在していたが、外務省にフェルプスを訪ねたときに文書を手に入れた。しかるに、その文書を隠した部屋が、体調を崩したフェルプスの病室になってしまったため、数ヶ月も持ち出すことができずにいた。フェルプスをベーカー街の下宿に避難させたあと、ホームズは空き部屋となった病室の外でハリソンを待ち伏せして文書を取り返した。ホームズが「あなたの事件で最も困難だったのは、証拠が多すぎたことでした」と、捜査が難航した理由を、ワトソンとフェルプスに述べた。

ここでいう「証拠（evidence）」は裏付けのある情報を意味している。あまりにも情報が多かったため、重要な情報が事件と無関係な情報に埋もれてしまった。そこで重要な情報だけを取り出して、順序よく組み合わせてゆく必要があったと、ホームズが補足。彼はなかなか情報がしぼり込めず、多方面捜査を展開しなければならなかった。

情報を収集するだけでは意味がない。収集した情報を整理し、活用してこそ情報というものに価値がある。情報が錯綜したら、ガセネタを見分けるのもひと苦労だが、信用できそうな情報だけを選んだつもりなのに、それらが相反していることもめずらしくない。不十分な情報を根拠に結論を導くのは危ういが、情報の洪水となったら、今度は無関係な情報を除外するための検証に難渋する。ホームズは情報を集約して総合的に判断しようとはせず、情報の取捨選択に徹することで真相にたどり着いた。彼がホールダースト卿を調査したのは、その一例である。その他にも事件当日、外務省に詰めていた守衛のタンギー夫妻、事務員のゴローなど、疑わしき人物を一人ずつつぶした結果、残ったのが真犯人のハリソンだった。総合的な判断など、いかにも大局に立ったようで聞こえがよいけれど、情報が錯綜したときには、有害無益なことなのだ。

“The principal difficulty in your case,” remarked Holmes in his didactic fashion, “lay in the fact of there being too much evidence.”

「あなたの事件で最も困難だったのは」と、ホームズは彼流の講義調で語った。「証拠が多すぎたことでした」

『海軍条約』

身近に迫った危険を無視するのは、勇敢ではなく愚鈍というものだ。

フランスで活躍中だったはずのホームズが、不意にワトソンを訪ねてきた。いつもより顔色が悪く体つきもやせて、あまり具合がよくなさそうだ。体を酷使しすぎて、いささか疲れ気味とのことだった。ホームズがよろい戸を閉めたので、なにか心配ごとがあるのかとワトソンは案じた。ホームズは決して自分が臆病ではないと前置きした上で、「身近に迫った危険を無視するのは、勇敢ではなく愚鈍というものだ」と、空気銃で狙われた脅威を語った。そして、一週間ほどヨーロッパに同行してほしいという。

ホームズは格闘技や護身術を修得していたし、必要ならば拳銃を携帯した。確かに『四人の署名』（第二章）で、ホームズは猛毒の吹き矢に拳銃で応戦したが、すでに手製の矢が入った小箱を犯行現場から回収し、矢を吹かれる危険性が低くなったの見越してのことだった。それでも、犯人を乗せた快速艇が眼前に迫ったときには、相手が筒を構えたら即座に拳銃で撃つようにと、ワトソンに促し、まだ矢が残っている場合にも備えていた。こちらは危険を無視したのではなく、危険を悟った上で慎重、かつ、勇敢に対処したというべきだろう。しかし、遠距離から空気銃で狙われたら、命中精度の点で勝負にならない。吹き矢とは異なり、逃げるしかなかった。勇敢と愚鈍が別物ならば、慎重と臆病も別物だ。

『最後の事件』が執筆された一八九三年当時、ドイルが感じとった危険とは、いかなることであろうか。一八九〇年に細菌学者ロベルト・コッホの講演を聴くべく、ベルリンに渡ったドイルは、躍進めざましいドイツの姿を目の当たりにした。個人的にはドイツに好意的だっただけに、その将来を大きく踏んだことだろう。しかし、イギリス政府はドイツの海軍力増強を予見しながらも、あえて牽制しようとはしなかった。挑戦するならば、いつでも受けて立つといわんばかりの冒険的な政策を、ドイルは愚かしいと感じていたのかもしれない。彼が潜水艦による海上封鎖を小説中で警告するのは、第一次世界大戦前夜の一九一四年。作品名は『危険！』（ホームズものではない）である。

"At the same time, it is stupidity rather than courage to refuse to recognize danger when it is close upon you."

「同時に、身近に迫った危険を無視するのは、勇敢ではなく愚鈍というものだ」

『最後の事件』

ぼくの人生はまんざら無益でもなかった。

ホームズは探偵を引退する前に、最後の大仕事として、犯罪王モリアーティー教授の組織を壊滅させることにした。奮闘すること三ヶ月。ついに教授とその一味の犯罪を立件するのに十分な証拠を固めた彼は、後事を警察に託し、ワトソンとイギリスを発つことにした。二人はベルギー経由でアルザスに到着。しかし、モリアーティー教授がロンドンを脱出したとの報を受け、ホームズはワトソンとスイスに向かった。このときに「ぼくの人生はまんざら無益でもなかった」と、ワトソンに告げたのは、ホームズから全読者にあてた遺言。当初、『最後の事件』はシリーズの完結編として執筆され、彼は教授と格闘の末、ともにライヘンバッハの滝つぼに転落死することになっていた。

ホームズの手筈どおりにモリアーティー教授の組織は壊滅し、あとは教授本人を残すのみ。彼が復讐のため、ホームズに追いつくことを予測し、ワトソンにはロンドンに戻るように勧めている。今夜、自分の人生が終わっても、これまでの生涯を冷静に検証できるだろうと語っているので、ホームズは運命的なものを感じながら、相討ちのつもりでいたと思われる。そして、最近は社会の問題よりも、自然の問題に興味をそそられると、達観したようなことも述べている。

ホームズに限らず、無益な人生などあるはずがない。人が存在すること、それ自体が必ずやなにかの役に立っている。自らの志を果たせずに、不本意な道を歩んでいようとも、その道にはその道で、その人の存在意義が見いだせるだろうから、不甲斐なく思うことはない。ホームズによって、ドイルはベスト・セラー作家となり、夢のような大金を稼いだ。しかし、文学的に無価値なのではないかという疑念を抱きつつ、シリーズを継続することはできなかった。娯楽小説家としての名声は不本意なものだったが、自ら望んだ文学者に脱皮するための踏み台だったと思えば、『緋色の研究』（第一章）を執筆して以来、都合七年間に及ぶホームズの人生は、ドイルにとっても無益な日々ではなかったはずだった。

"I think that I may go so far as to say, Watson, that I have not lived wholly in vain," he remarked.

「ぼくの人生はまんざら無益でもなかった、といってもよいくらいに思っているね、ワトソン」と、彼は述べた。

『最後の事件』

正体を現したバスカービル家の魔犬にピストルを発射するホームズ。

第五章

『バスカービル家の犬』

The Hound of the Baskervilles

（1901-1902年発表、1902年刊、長編）

准男爵を世襲する富裕なバスカービル家には、その昔、暴虐な当主が魔犬に食い殺されたという古文書が伝わっていた。先頃、現当主チャールズ卿が心臓発作で急死した現場には、大きな犬の足跡が残されていた。カナダからは若い新当主のヘンリー卿が帰国。彼に随行してバスカービル館に入ったワトソンは、執事夫妻や隣人たちに不審なものを感じた。

きみ自身は輝かないが、他人を輝かせることはできそうだ。

来客が置き忘れたステッキを観察したワトソンが、ホームズに促されるまま、持ち主の素性を推理してみせた。探偵活動においても、探偵談の執筆についても、いつもけなされてばかりだったのに、きみは自らの能力を過少評価する傾向があると、はじめてホームズがワトソンをほめてくれた。「きみ自身は輝かないが、光をあてる役にはなれそうだ」と、長年に渡るホームズへの貢献に対し、率直な感謝の言葉を耳にしたワトソンは思わず感激してしまった。

ホームズが主役でワトソンが引き立て役。なにか損な役回りのようだが、引き立て役にもなれないその他大勢に比べれば、はるかにましだといえるだろう。これが現代日本人の感覚で謝辞になっているかどうかはさておき、少なくともワトソンには、ホームズの天才を引き出す能力があると、ホームズは認識していたのである。

『バスカービル家の犬』では、多忙でロンドンを離れられないホームズが序盤で姿を消し、依頼人のヘンリー卿に随行して、バスカービル館に入ったワトソンが、中盤以降は現地で大活躍する。自分自身は輝かず、ホームズの引き立て役で十分だったはずのワトソンでも、機会に恵まれれば準主役を演じられたのだ。もちろん、準主役とはいっても、出番が多いだけの話で、やはりそこは引き立て役の延長にほかならない。推理はホームズが担当するからと、ワトソンは現地で調べた事実のみを、書き送るように要望されていた。すなわちホームズが事件を解決するのに必要な情報を収集するばかりの下働きだった。それでもワトソンは、与えられた役目に不満は抱いていなかった。終盤になって、いつの間にか、ホームズが独自に現地で調査を開始していたことを知り、下働きもこなせない者だと思われていたのかと誤解したときには、誇りが傷ついて憤慨したほどだった。

ホームズは自らを主役だと意識することによって、はじめて主役というものが演じられた。そして、ワトソンという引き立て役の存在を認めることによって、ますます主役のホームズが輝いた。それぞれの役割を分担しきったホームズとワトソンにしてみれば、おれ様主義とも称される当世風の総花主義など、噴飯ものだったにちがいない。

“It may be that you are not yourself luminous, but you are a conductor of light.”

「きみ自身は輝かないが、光をあてる役にはなれそうだ」

第一章《シャーロック・ホームズ氏》

することが裏目に出るほど、人は発奮するものだ。

バスカービル家の当主チャールズ卿が怪死して、カナダから帰国した相続人のヘンリー卿がロンドンに到着。ホテルで靴がなくなったり、謎の人物が出没したり、新聞の文字を切り貼りした警告状が届いたりと、不審なできごとが続いた。ホームズなりに策を講じたが、すべては徒労に終わった。「することが裏目に出るほど、人を発奮させるものはない」と、ホームズは難事件の様相を呈した展開に、ワトソンの前で決意を新たにした。

することが裏目に出たとき、性格によって発奮する人と意気消沈する人にわかれるだろう。一般に発奮する人には負けず嫌いの人が多い。この負けず嫌いも程度の問題で、ときには負けず嫌いが災いして、引けぎわを見誤ったりもするが、プラスに作用するのならば悪いことではない。ホームズにしても心がひるむどころか、逆に好敵手の登場だと意気込んでいる。彼の場合は、口先だけの負け惜しみや意地っ張りではないから、空回りはしなかった。発奮することによって、持ち前の能力をさらに高めることができたのだ。

『バスカービル家の犬』では、ヘンリー卿が事故死に見せかけて殺されたと早合点したときに、ホームズは「ぼくは問題なく完璧に事件を解決しようとして、依頼人の命を犠牲にしてしまった。これはぼくの経歴における最大の失態だ」と、その不甲斐なさを厳しく責めたが、「どんなに彼が狡猾だろうと、神にかけて一日とたたぬ間にねじ伏せてやる」と、ワトソンの前で宣言した。『オレンジの種五つ』(第三章)で、犯人一味に先手を取られたことが、かえって発奮材料になったのと同様である。

このあたりはドイル本人の熱血漢ぶりが、そのままホームズに投影されているといえそうだ。ドイルが『バスカービル家の犬』の連載をはじめたのは一九〇一年で、前年に彼は自由統一党（自由党の保守派が結成した新党）から、衆議院議員選挙に立候補。反保守色の濃いエジンバラの選挙区で、ボーア戦争の続行とアイルランドの独立阻止を訴えた。反対派の野次と怒号の中、ドイルは驚異的な回数の演説会をこなし、有権者とは思えぬ貧しい労働者たちとも積極的に握手してまわった。当初の大敗という予想にもかかわらず、得票率四十五パーセントの惜敗。人々は彼の奮闘ぶりに圧倒されたという。

> “There is nothing more stimulating than a case where everything goes against you.”
>
> 「することが裏目に出るほど、人を発奮させるものはない」
>
> 第五章《切れた三本の糸》

人は常に望んだとおりの成功を収めるとは限らない。

ヘンリー卿は先祖を食い殺した魔犬の伝説を深く受けとめず、因縁のバスカービル館で暮らすことにした。彼に随行したワトソンは、近隣の住人たちの様子を探るうちに、密かに現地入りしていたホームズと合流。ホームズによれば、ヘンリー卿と親しくなった博物学者のステープルトンが、魔犬伝説に乗じた殺人を計画したのだという。ステープルトンはまず魔犬のごとく装った大型の猟犬をけしかけて、前当主のチャールズ卿を心臓発作で亡き者にした。そして次なる標的のヘンリー卿のにおいを犬に覚えさせるため、ロンドンで彼の古靴を盗み出したのだ。おりしもヘンリー卿の古着をまとった脱獄囚のセルデンが、犬に追われて崖から転落。その死を見届けにきたステープルトンと、ついにホームズは対峙した。ところが、ホームズは「人は常に望んだとおりの成功を収めるとは限らないものですね」と、魔犬の伝説や噂だけでは調査不能なので、明日はロンドンに帰ることにした旨を、ステープルトンに告げた。

もちろん、事件から手を引くようなことを口にしたのは、ホームズからの宣戦。チャールズ卿が心臓発作で、セルデンが事故死だから、いかなる奸計がめぐらされていようとも、ホームズにはステープルトンの犯行を立証する手だてがなかった。一方のステープルトンにしても、ヘンリー卿の殺害に失敗しており、ともに現時点では、望んだとおりの成功を収められなかったことになる。しかし、あたかも真相解明を断念したかのようなホームズの言動は、ステープルトンを油断させるための見せかけにすぎなかった。お互いにこのままではすむまいね、ここからが本当の勝負だぞという意図が込められている。

ただし、常に望んだとおりの成功を収めるとは限らないのも、またひとつの真実であろう。かつて「評価する点はなにもない」と、ホームズを一刀両断にしたバーナード・ショーならば、「たまにはホームズもましなことを口にする」と、皮肉っぽい賛辞を惜しまないかもしれない。だが、それだからこそ、たとえ挫折をくり返そうとも、各自の目的を達成するように最善を尽くすべきであると、ドイルは考えていた。世の中を望んで前方に突っ走るドイルと、世の中を悟って後方で冷たくせせら笑うショーと、そのどちらの流儀を支持するか、当時の文壇でも意見が割れたようである。

> “One cannot always have the success for which one hopes.”
>
> 「人は常に望んだとおりの成功を収めるとは限らないものですね」
>
> 第十二章《荒れ野の死体》

自分を見失うほどに動揺したはずなのに、よくぞ平静さを取り戻したね。

ついにヘンリー卿を葬ったかと思いきや、罠にかかって死んだのは別人で、しかもロンドンにいるはずのホームズが、犯行現場に姿を現した。ステープルトンとしては絶体絶命なれど、瞬時に感情を抑えてしまった。彼は短気な人物だったが、しかるべき思慮も備えていた。それゆえにホームズは、かつて見たことのない好敵手だと警戒していたのだ。二人がどこまで事情を知っているのか、探りを入れてきたステープルトンに、ワトソンは犬の遠吠えも聞かず、セルデンは発狂して崖から転落したのだろうと、打ち合わせたとおりにとぼけてみせた。それを聞き、ステープルトンはほっとしたかのように吐息をもらしたが、ごまかせたのかどうかはわからない。ホームズが「自分を見失うほどに動揺するような事実に直面して、よくぞ平静さを取り戻したね」と、ステープルトンを評した。

翌朝になれば、ヘンリー卿の生死は容易に確かめられることだった。それにもかかわらず、犯行直後に死体を検めにきたステープルトンの大胆さには、ホームズも驚嘆したほどだった。あまりの不敵さに、ホームズの方が彼につかみかかりそうになっている。

これまでにも追い詰められたときに逆襲してきた者はいたが、いかなる凶悪犯であっても、ホームズは彼らを好敵手だとは意識していなかった。忍耐力の欠如というよりも、感情を他人に向けて率直に発することが、人間らしくてよいとする考えもあるだろう。しかし、憤怒に駆られたところで、事態が好転することはない。ホームズにしてみれば、人前で感情を爆発させるなど、男らしくもなければ、格好のよいことでもなく、自らを小者だと認めることにほかならなかったのだ。

別人の死体を見て仰天するステープルトン（左）

"How he pulled himself together in the face of what must have been a paralyzing shock when he found that the wrong man had fallen a victim to his plot."

「彼の計略にかかった犠牲者が別人だと知ったとき、自分を見失うほどに動揺するような事実に直面して、よくぞ平静さを取り戻したね」
第十二章《荒れ野の死体》

おおかたの知能犯と同じく、彼も自らの知能を過信するだろう。

ここから先、慎重になるか、それとも冒険をするか、ステープルトンにはふたつの選択肢があった。しかし、彼はひとかどの知能犯だった。ヘンリー卿を亡き者にしたあとで、犬を始末すれば、完全犯罪が成立する。「おおかたの知能犯と同じく、彼も自らの知能を過信して、ぼくたちをだましおおせたと思っているだろう」と、ホームズは勝負を仕かけてくることを予測。そこでヘンリー卿をおとりにして、犬をおびき寄せることにした。

ヘンリー卿がステープルトン家に招待された帰り道、彼を追跡してきた犬は、間一髪のところで、待ち伏せしていたホームズたちが射殺。これまで悪事の片棒を担がせてきた妻ベリルにも土壇場で造反され、湿地帯に逃げたステープルトンは、濃霧に迷って底なしの泥沼に消えた。その正体はバスカービル家の隠れた遺産相続人のロジャーであった。

ホームズは知能犯に対処するのが得意だった。知能の水準が似かよった者は、同じ状況下で同じことを考える可能性が高い。すなわちステープルトンはホームズと知能を比較して遜色がないから、ホームズには彼の次なる行動が予測しやすいという理屈である。例えば『赤毛連盟』(第三章)のクレーや『まだらの紐』(第三章)のロイロット博士は、ともに知能犯だった。それゆえにホームズは彼らの計略を容易に見破ることができた。しかるに『ライゲートの大地主』(第四章)のカニンガム父子は、ホームズとは知能の差が大きかった。だから、まさか警察官が控えているのに、二人がホームズに襲いかかってくるとは思いもよらず、危うく殺されそうになってしまった。

ステープルトンがヘンリー卿の帰国を探知してロンドンに現れたとき、ヘンリー卿を殺す機会はなかったが、一面識もないホームズをすぐに本人だと見破り、さんざんにホームズを翻弄。ホームズは狡猾な悪党だと警戒心を強くした。そこで、彼がいざとなれば、自らの知能を過信して、勝負に出てくる方に賭けたのだ。その人が最も自信を持っていることが、一歩誤れば最大の弱点になることを、ホームズは熟知していたのだろう。

"Like most clever criminals, he may be too confident in his own cleverness and imagine that he has completely deceived us."

「おおかたの知能犯と同じく、彼も自らの知能を過信して、ぼくたちをだましおおせたと思っているだろう」

第十二章《荒れ野の死体》

一八頁で紹介した五枚組みホームズ切手のうち『六つのナポレオン』（一六〇頁）より、ホームズがレストレード警部（左）とワトソン（中央）の前でナポレオン像（机の上）を壊して黒真珠を取り出している。ここでは机の上の黒い本の表紙にＬの字が見える。

第六章
『シャーロック・ホームズの帰還』
The Return of Sherlock Holmes

（1905年刊、短編集、収録作品の年号はストランド誌への掲載年）

『空き家』 The Adventure of the Empty House (1903年)
ホームズがモリアーティー教授の残党に命を狙われた事件。

『ノーウッドの建築士』 The Adventure of the Norwood Builder (1903年)
建築士が財産を遺贈しようとした事務弁護士に殺害された事件。

『踊る人形』 The Adventure of the Dancing Men (1903年)
人を図案化した絵文字による暗号通信がなされた事件。

『孤独な自転車乗り』 The Adventure of the Solitary Cyclist (1904年)
自転車で駅に向かう音楽教師が尾行された事件。他の訳題に『美しき自転車乗り』。

『貴族学校』 The Adventure of the Priory School (1904年)
公爵家の令息が学校から誘拐された事件。他の訳題に『プライオリ学校』。

『黒ピーター』 The Adventure of Black Peter (1904年)
捕鯨船の元船長が、もりで串刺しにされた事件。

『チャールズ・オーガスタス・ミルバートン』
The Adventure of Charles Augustus Milverton (1904年)
ホームズとワトソンが夜盗をはたらいた事件。他の訳題に「犯人は二人」。

『六つのナポレオン』 The Adventure of the Six Napoleons (1904年)
ナポレオンの石膏像が次々と壊された事件。

『三人の学生』 The Adventure of the Three Students (1904年)
奨学生を選抜する試験の問題が漏洩した事件。

『金縁の鼻眼鏡』 The Adventure of the Golden Pince-Nez (1904年)
隠遁した老教授の秘書が刺殺された事件。

『スリー・クォーターの失踪』 The Adventure of the Missing Three-Quarter (1904年)
大学ラグビーの名選手が、試合前に行方不明となった事件。

『アベイ農園』 The Adventure of the Abbey Grange (1904年)
裕福な農園主が三人組の強盗に殺害された事件。

『第二の血痕』 The Adventure of the Second Stain (1904年)
戦争の火種となりかねない外交文書が盗まれた事件。他の訳題に『第二の汚点』。

仕事こそが悲しみを癒す特効薬だ。

ライヘンバッハの滝つぼに転落死したと思われたホームズが、失踪から三年たって、ワトソンの前に姿を現した。しかし、ワトソンは妻メアリーを亡くしており、医院の経営にも身が入らず、どこか気が抜けたようになっていた。そのあたりの事情についてては、ホームズも聞き及んでいたようで、「仕事こそが悲しみを癒す最良の薬だよ」と、再開した探偵活動にワトソンを誘った。

家族などの親しい人と死別したとき、なにかをしようという意欲がなくなって所在なくしていると、いろいろなことがとりとめなく思い出されて、ますます悲しみがつのるものである。いずれは時間というものに癒されてゆくのだが、それまでは別のことに忙殺されて、一時的にせよ、悲しいことを忘れているのがよい。ワトソンはおよそ名探偵ではなかったが、探偵活動に付き合うのは大好きだった。この日も拳銃をポケットに入れ、馬車の中でホームズの隣にすわっていると、冒険心に胸が高鳴り、まるで昔に帰ったような気分だったと述懐しているほどだから、ホームズの配慮が効を奏したようである。

『空き家』は『最後の事件』（第四章）から十年ぶりに再開した短編の読み切り連載の第一作。メアリーが死亡したという設定は、ホームズとワトソンがベーカー街の下宿で、二度目の同居生活をはじめる伏線にすぎないが、現実世界においてもドイルの妻ルイーザの容態は、あまりはかばかしくなっていた。すでに肺結核と診断されて十年。当時は不治の病だった。ドイル夫妻が不仲だったどうかについては、今もなお定説がない。病身のルイーザをいたわり、熱心に世話をしていたことは事実だった。一方でルイーザを放り出してボーア戦争に従軍したり、二一〇ページに詳述するように若いジーン・レッキーと交際したり、矛盾する行動をとっていたのも、また事実だった。スイスで療養中、ルイーザの枕元で執筆した『最後の事件』には、肺結核の末期症状を呈したイギリス人女性に付き添ってほしいと、ワトソンがにせ手紙に呼び出されるくだりがある。これもルイーザに対する非情さのあらわれなのか、彼女の肺結核がにせ手紙に記されたような虚構であってほしいと願っていたのか、ドイルの本心は判然としない。『空き家』が発表された三年後にルイーザが他界したとき、ドイルはしばらく仕事ができない状態になったという。

“Work is the best antidote to sorrow, my dear Watson,” said he;

「仕事こそが悲しみを癒す最良の薬だよ、わがワトソンくん」と、彼はいった。
『空き家』

いつもながらの巧妙な手腕と豪胆さによって、きみは彼を捕らえたのだ。

モリアーティー教授の片腕だったモラン大佐は、ホームズの生還を知るや、彼を空気銃で狙撃すべく、下宿の向かいの空き家に忍び込んできた。そこをホームズとワトソンが取り押さえ、警視庁のレストレード警部に引き渡した。ホームズはこの事件で自分の名前を出したくないと申し入れ、「いつもながらの巧妙な手腕と豪胆さによって、きみは彼を捕らえたのだ」と、モラン大佐をホームズに対する殺人未遂ではなく、彼のいかさまトランプを見破ったロナルド公子を射殺した容疑で逮捕するように勧めた。ホームズのはからいにより、モラン大佐を逮捕したのは、レストレード警部の功績になった。

『海軍条約』（第四章）で、ホームズはこれまでに扱ってきた五十三件のうち、彼の名が出たのは四件だけで、差し引き四十九件はすべて警察の手柄になっていると、警視庁のフォーブズ捜査官に述べたが、『四人の署名』（第二章）などを除けば、どの事件を指しているのか、いささか具体性に欠けていた。この『空き家』は、ホームズが真相を解明し、犯人逮捕に貢献した上で、警察に手柄を譲るやりとりが精細に描かれた最初の作品である。

『緋色の研究』（第一章）では、ホームズの功績について、新聞がほとんど言及しないことに不満そうだった。しかし、やがてヨーロッパ一の名探偵と評されるようになってからは、顧客獲得のための自己喧伝に励む必要もなくなった。他方、警察の捜査官は、組織に属する公務員である。人事考課の問題もあり、所定の期間内に及第点に達する成果を上げなければならず、ホームズに手柄を譲られて辞退した者はいなかった。『ソア橋』(第九章)では、ロンドン警視庁から応援が来ると、成功しても手柄を横取りしてしまうが、ホームズさんはこすい真似をしないそうでと、地方警察のコベントリー巡査部長が述べているほどだ。不発が続いて挽回しなければならない場合はさておき、すでにホームズのようにしかるべき評価を受けているときには、手柄を欲しがっている人に譲ってしまってもかまわない。相手に感謝されるならば、さらにいうことなしであろう。

"With your usual happy mixture of cunning and audacity, you have got him."

「いつもながらの巧妙な手腕と豪胆さによって、きみは彼を捕らえたのだ」

『空き家』

名声など、かくのごとしだ。

かつてモラン大佐は、インド駐留のベンガル第一工兵隊に所属した射撃の名手だった。今もなおトラを仕留めた頭数の記録を保持しているほか、鉄のような神経の持ち主で、手負いの人食いトラを追い、排水溝をはっていった武勇伝が語り草になっているという。元駐ペルシャ公使オーガスタス卿の息子で、イートン校とオックスフォード大学を卒業。軍人として数々の戦役に従い、チャラシアブの戦いでは殊勲者に名を連ねた。『西部ヒマラヤの猛獣狩り』や『ジャングルの三ヶ月』の著者で、名士が集まる社交クラブにも出入りしていた。一方、その輝かしい経歴にもかかわらず、ホームズによれば、ロンドンで二番目に危険な男。かのモリアーティー教授の参謀長役を務めていた犯罪界の大物だったが、ワトソンはモリアーティー教授と同様、モラン大佐の名を聞いたことがなく、「おやおや、名声など、かくのごとしだね」と、ホームズを嘆かせた。

ここからは様々な意味が読みとれる。第一には名声が忘れられやすいことである。ワトソンもモラン大佐と同様、アフガン戦争に従軍しているので、インドのトラ狩りで知られた大佐の名を、陣中で耳にした可能性が高い。しかるにアフガンから帰国して十年あまりもすれば、彼の名声はもはや記憶の彼方に去っていた。その大佐にしても、過去の名声、今いずこで、しがないトランプ詐欺師に落ちぶれていた。往年の名声にしがみつき、今を見失ってはならないのだ。

第二には名声に普遍性がないことである。いかなる有名人でも、住む世界が異なれば、どこの誰ともわからぬ存在になってしまう。モリアーティー教授の参謀長役であっても、犯罪界に疎いワトソンにとっては、ホームズを狙撃しようとした老軍人にすぎなかった。例えばの話であるが、この時代、衆議院議員といえば、単なる選良にあらずして、まさに「閣下（Honorable）」だった。ところが、全議員の名を網羅している一般有権者がどれだけいたのか、かなりあやしいものがある。特定の世界なり組織なりで、名声を得て地位が上がろうとも、自らをひとかどの人物だと認識して、思い上がってはならないのだ。

第三には名声が虚名にほかならないことである。国王や首相に比肩する知名度を誇ったドイルだったが、いざ衆議院議員選挙となれば、有権者の目には作家出身のタレント候補にほかならず、予想外に健闘はしても、当選には至らなかった。ここは彼の自戒を込めた無念さを、ホームズに代弁させているといえようか。

“Well, well, such is fame!”

「おやおや、名声など、かくのごとしだね」

『空き家』

自分で判断したことを信用してはならない。

事務弁護士のマクファーレンは、その昔、彼の両親と懇意にしていたという建築士のオルデカーから、全財産を譲られる遺言状を作成した。彼はオルデカー家に立ち寄り、金庫の中の書類を点検したあと、ステッキがないことに気がついたが、そのままに帰宅。ところが、オルデカー家の材木置場が炎上して、黒こげになった遺体の残骸が発見され、金庫のそばに落ちていたマクファーレンのステッキには、血痕が付着していた。冤罪を晴らすように依頼されたホームズだったが、有利な証拠はなにひとつ入手できなかった。

翌日には、オルデカー家の玄関の広間にある帽子かけのところで、血のついたマクファーレンの指紋が見つかった。彼は犯行後に帽子を取りに戻ったときに、決定的な証拠を残してしまったのだ。「これは自らの判断を信用してはならないという教訓でしょうな」と、ホームズは担当のレストレード警部に非を認めた。しかし、なぜかホームズは笑いをこらえていた。

含蓄があるので採録したが、本来はレストレードへの皮肉である。判断を誤ったのは、ホームズではなくレストレードなので、「私たち自らの判断（our own judgment)」と、ホームズは人称代名詞を複数形にすることで一般論化している。このレストレードは実践主義を標榜する自信家で、かなり気位が高い。彼の判断は合理的、かつ、常識的であるが、ホームズによれば、型にはまって想像力がない。ときにホームズのレストレード評は辛辣にもなるが、決して無能な人物だとは思っていなかった。彼の活動的な面や精力的な面は認めているし、ホームズの側から助太刀を求めたこともある。ただし、自信家であるがゆえに、自らの判断の誤りに、なかなか気づかないところが最大の欠点だった。

デカルトの懐疑主義にヘーゲルの弁証法。自分の判断を信用せず、まず疑ってかかるのは、なにもホームズにはじまったことではない。要はフィードバックの問題だ。さしあたって、自分の判断を信用すべきであることについては、ホームズにも異論がないだろう。されど、それは絶対的なものでなく、絶えず検証を続けてゆかなければならないのだ。このあたり、レストレードは自信家を戒める反面教師の顔を持つといえようか。

"It is a lesson to us not to trust our own judgment, is it not, Lestrade?"

「これは自らの判断を信用してはならないという教訓でしょうな、レストレードくん」
『ノーウッドの建築士』

どこで絵筆を置くのかを判断するという、画家にとって最も重要な才能が彼には欠けていた。

ホームズが前日に現場検証をしたとき、マクファーレンの指紋は存在しなかった。逮捕されて拘置所にいる者が新たに指紋を残せるはずはなく、これは彼を陥れるための偽装ということになる。麦わらを燃やして火事を演出したホームズは、屋敷内に隠れていたオルデカーをいぶし出し、殺人容疑が冤罪であることを立証してみせた。

その昔、マクファーレンの母親にふられた復讐を遂げるべく、彼を殺人犯に仕立てようとしたオルデカーの謀略は、ホームズをお手上げにさせるほどのものだった。ところが、オルデカーはすでに完璧だったものを、さらに改良しようとして、逆にぼろを出してしまった。そこでホームズは「どこで絵筆を置くのかを判断するという、画家にとって最も重要な才能が彼には欠けていました」と、レストレードにオルデカーを評したのだ。つまり、ホームズが指摘したかったのは、完璧主義の弊害である。

文中の「芸術家（artist）」を画家という解釈に基づいて翻訳したが、広い意味では小説家にして劇作家のドイルも芸術家に含まれよう。彼が驚異的な速度で原稿を仕上げたことはつとに有名なれど、誰からも絶賛されるような傑作を世に送りだしたいと、腐心はしていたことだろう。そして、悟ったはずである。時間をかけて原稿を手直しすればきりがない。

丹念に手直しをしたからといって、すばらしい作品になるという保証はない。それゆえに、作品が仕上がったかどうかを判断するのは、「まあ、こんなものでよいか」という妥協にあらずして、芸術家に求められる才能なのだ。完璧なものを目指したら、いつまでたっても作品は完成しない。もとより万全を尽くすのは不可能なので、各自が現時点における最善を尽くすしかないことになる。完成度が高いという評価は、論難する点が少ないだけであり、欠点がないという意味ではない。芸術に限らず、なにかを成さんとするとき、完璧主義に走れば、なにごとも成しえないのだ。

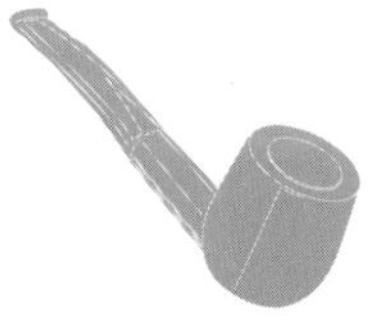

"But he had not that supreme gift of the artist, the knowledge of when to stop."

「しかし、どこで絵筆を置くのかを判断するという、画家にとって最も重要な才能が彼には欠けていました」

『ノーウッドの建築士』

人知で考案できたことは、人知で解明できるものだ。

大地主キュビットの妻エルシーは、自宅で見つけた踊る人形の絵文字に怯えていた。ホームズはこれを通信用の暗号だと判断して解読に成功。キュビットに危険が迫ったことを察知するや、ワトソンを連れてキュビット家に急行したが、すでに彼は射殺され、エルシーも銃弾で重症を負っていた。

踊る人形の暗号は、シカゴでギャング団を率いていた、エルシーの父パトリックが考案したものだった。一味と決別した彼女は、イギリスに逃げてキュビットと結婚。そこへ元婚約者のスレーニーが現れ、彼女とよりを戻すべく暗号による通信をはじめた。エルシーが手切れ金を渡そうとしたことに、スレーニーは逆上。二人が押し問答をしているところに駆けつけたキュビットは、撃ち合いの末、スレーニーに殺され、彼が立ち去ったあと、エルシーは夫の拳銃で自殺をはかったのだ。ことの次第を知らないスレーニーは、ホームズの暗号文におびき出されて捕縛。いかにして暗号文を書いたのかと訊かれて、「人知で考案できたことは、人知で解明できるものですよ」と、ホームズは返答した。

暗号に限らず、世の中のからくりというもの、すべては神でなく人が考案したものである。だから、いかに巧妙なものであろうとも、人知で解明できないものはない。換言すれば、どんなに巧妙なからく

携帯電話でリーダーズ英和辞典が引ける！
リーダーズ+プラス英和辞典（46万語収録）に、毎月約1,000語の新語を追加!

英語で困ったらすぐに携帯電話の辞書検索サイトへ。
簡単な操作で手軽に辞書を引くことができます。

【NTTドコモ iモード】メニューリスト→辞書・便利ツール→辞書→携帯リーダーズ
【au EZ web】EZトップメニュー→カテゴリーで探す→辞書・便利ツール→研究社英語辞書
【SoftBank yahoo! ケータイ】メニューリスト→辞書・ツール→辞書→研究社英語辞書+

無料 辞書検索サービス
ルミナス英和辞典 第2版
ルミナス和英辞典 第2版

★電子版ならではの、各種検索が可能となりました。

http://www.kenkyusha.co.jp

Web連載 ちょっとユニークなスタイルで外国語と生きる人々へのインタビュー
「私の語学スタイル」 も好評。語学で広がる可能性を探してみませんか？

研究社のオンライン辞書検索サービス・・・・・・KOD

KOD
［ケー オー ディー］

定評ある**18**辞典を自在に検索、
引き放題。毎月最新の語彙を追加。

新会員募集中!

定評のある研究社の17辞典+「大辞林」（三省堂）が24時間いつでも利用可能。毎月、続々と追加される新項目を含め、オンラインならではの豊富な機能で自在に検索できます。
300万語の圧倒的なパワーをぜひ体感してください。
***6ヶ月3,150円**（税込み）から

http://kod.kenkyusha.co.jp

◎図書館や団体でのご加入・公費対策など、お問い合わせはお気軽にどうぞ。

●この出版案内には2010年10月現在の出版物から収録しています。
●表示の価格は定価（本体価格+税）です。重版等により定価が変わる場合がありますのでご了承ください。
●ISBNコードはご注文の際にご利用ください。

〒102-8152 東京都千代田区富士見2-11-3 TEL 03(3288)7777 FAX 03(3288)7799［営業］

りを考えついたつもりでも、必ずや誰かに解明されてしまうということである。解明できるのならば、模倣もできるはずだ。

この踊る人形の暗号は、子供のいたずら書きに見せかける絵文字を考案したことには工夫があったが、あとはアルファベットを絵文字に置き換えただけなので、暗号そのものとしては特に目新しいものではなかった。ホームズも解読は容易だったと述べている。しかるにパトリックは頭のよい人物だったと、スレーニーは過大評価し、部外者の誰にも解読できないと思い込んでいた。往々にして自ら考案したものには愛着があるので、余人には真似ができないと、その独創性を過信しがちである。ところが、いかに独創的なものといえども、ホームズにしてみれば、所詮は人知の成したるものにすぎなかった。模倣が可能ならば、独創性というものもあやしくなってくる。人知が人知を超えられないことを、ホームズは認識していたようである。

"What one man can invent another can discover," said Holmes.

「人知で考案できたことは、人知で解明できるものですよ」と、ホームズはいった。

『踊る人形』

悪事に加担した埋め合わせはしたと思う。

アフリカから帰国したウッドリーとカラザーズは、多額の遺産が渡るバイオレット・スミスを捜し出すことにした。事情を知らない彼女とウッドリーが結婚して、巻き上げた遺産をウッドリーとカラザーズで分けようと企てたのだ。しかし、美貌のバイオレットを前に二人は仲間割れ。カラザーズ家の音楽教師に雇われ、週末に自転車で駅に向かうバイオレットを、ウッドリーの魔手から守るべく、変装したカラザーズが尾行していた。ところが、ウッドリーは隙を突いてバイオレットを拉致。結婚式を強行したところを、カラザーズに撃たれてしまう。事態を収拾したホームズがカラザーズに、「悪事に加担した埋め合わせはしたと思いますね」と、裁判で証言が必要ならば協力する旨を申し出た。

当初、カラザーズも合法的な遺産の乗っ取り計画に加わっていたのだから、そのことには同情すべき点がない。だが、バイオレットを愛するようになってからは、彼女を護衛するなど、改悛の情が認められる。そこでホームズも、彼に寛容なところを示したのだとするのが、一般的な解釈であろう。

しかしながら、それだけでホームズの言動が説明できるのか、私は懐疑的である。カラザーズがバイオレットを住み込みで雇うことに、ウッドリーが異を唱えた様子はない。したがって、これはバイオレットの身柄を拘束するために、あらかじめ仕組んでいたものと考えてよいはずだ。また、バイオレットに求婚して断られてからも、カラザーズは彼女を手放したくないばかりに、危険が迫っていることを知らせず、護衛目的の尾行を続けていた。これをもって、悪事に加担した埋め合わせをしたといえるのだろうか。

一連の話を聞き、ワトソンは「あなたは愛というが、私にいわせれば身勝手というものです」と異を唱えた。そして、カラザーズは「どちらも同じでしょう」と反論した。おおかたの読者は、ワトソンの指摘に共感しただろう。されど、ホームズはカラザーズに理解を示した。すなわちホームズの本音を代弁すれば、愛とは与えるものにあらずして、まさに身勝手なものだったということになる。

"As to you, Mr. Carruthers, I think that you have done what you could to make amends for your share in an evil plot."

「あなたについては、カラザーズさん、悪事に加担した埋め合わせはしたと思いますね」

『孤独な自転車乗り』

将来のことが保証された今、過去のことにはもう少し寛大になってもよい。

ホールダーネス公爵の令息サルタイヤ卿が、学校の寄宿舎を抜け出して行方不明となり、彼を自転車で追った教師ハイデッガーが殺された。公爵は令息の捜索に多額の賞金を懸けていたが、実は二人が近所の旅館で会っていることをホームズが突き止めた。事件について沈黙することを求められたホームズは、互いに率直になるべきであると、公爵に一切の事情を話すように迫った。

公爵の秘書ワイルダーは公爵の庶子だった。彼は異母弟のサルタイヤ卿を誘拐し、公爵家の財産を自分に譲るよう、父公爵に強要することを計画していたのだ。誘拐のために雇った旅館の主人ヘイズが、ハイデッガーを殺害したため、ワイルダーはすべてを公爵に告白した。あらためてサルタイヤ卿を、公爵家の後継者とすることを条件に、ホームズは公爵と妥協。「将来のことが保証されたのですから、過去のことにはもう少し寛大になってもよいかと存じます」と、犯罪事件を隠蔽しようとした公爵を咎めないことにした。

未来指向というのは過去が清算されたことの確認を意味する。すでに清算された過去は単なる思い出話にすぎず、取引材料にしたり、相手にプレッシャーをかける道具にしてはならなかった。ホームズの言葉は同一の主語を省略する構文だが、文中でサルタイヤ卿の将来を保証したのは、直接的には公爵なのだから、過去のことに寛大になってもよいとする「私たち（we）」には、ホームズとワトソンのみならず、公爵本人も含まれるものと解釈したい。つまり他人の過去に寛大になるだけではなく、自分の過去にも寛大になるべきだと、ホームズは説いている。キリスト教的な価値観に基づく罪の文化は、同時に免責の文化でもある。

ワイルダーの乗っていた自転車を調べるホームズ

"Now," said Holmes, when the rejoicing lackey had disappeared, "having secured the future, we can afford to be more lenient with the past."

召使いが喜びながら立ち去ると、「今や」と、ホームズはいった。「将来のことが保証されたのですから、過去のことにはもう少し寛大になってもよいかと存じます」

『貴族学校』

常に別の可能性を探り、備えておくべきだ。

引退した捕鯨船の船長ケアリーが、自宅の離れ屋において、体をもりで串刺しにされて死亡。殺害現場には血痕が付着した手帳が落ちていた。しかも犯行の数日後、離れ屋に侵入しようとして失敗した者がいる。ホームズたちは再度の侵入を期待して、離れ屋に張り込むことにした。そこに現れたネリガンが手帳の落とし主だと判明したため、ホプキンズ警部は即断で彼を逮捕。ところが、かようなホプキンズの手法に、「常に別の可能性を探り、備えておくべきだ」と、ホームズはワトソンの前で失望の色を隠さなかった。貧弱な体格のネリガンに、ケアリーを串刺しにできるはずがなく、ホプキンズには次の手がなくなってしまった。一方のホームズは、熟練したもり打ちによる犯行だと推理して、にせの求人情報を流して真犯人を検挙。二本目の命綱が効を奏したのだ。

ホームズは奇妙な自信家だった。自らの推理には彼なりに自信を持っていたが、それは絶対的な自信ではなく、いくつかの可能性を模索した上で、最も可能性の高いものを選択したにすぎないと考えていた。張り込みの必要性については、ホームズもホプキンズも意見が一致した。しかし、それだけでは犯人が逮捕できないことも視野に入れ、同時にもり打ちの求人情報を流していた。『黄色い顔』(第四章)で、推理に合致しない新事実が出てきたら、そのときに考え直せばよいと、うそぶいていた頃に比べて、ずいぶんとホームズは慎重になっている。このあたりは、これと決めたら、ひとつに賭けるのが男らしいという、日本人的な発想とは相容れない面があるかもしれない。

ところで、『黒ピーター』で初登場したホプキンズ警部は、ホームズを師と仰ぐ警視庁の若き捜査官。肝がすわった熱血漢だが、己の信念に従い、猪突猛進しては、早とちりして失敗する。捜査が完全に失敗したと悟るまでは、なかなか非を認めようとしない頑固な性格でもある。となれば、まさにドイルの分身にほかならない。登場回数が少ないのにもかかわらず、読者の人気が高いのは、ドイルが愛情を込めて描いていることが伝わってくるからであろう。そんなホプキンズに対し、なぜか、ホームズは意地が悪い。彼の早とちりに気がついても、真相を解明するまでは口を閉ざしている。鍛えるというよりも、いじめているようである。まるでドイルをいじめるバーナード・ショーではないか。

“One should always look for a possible alternative, and provide against it.”

「常に別の可能性を探り、備えておくべきだ」

『黒ピーター』

絶望の淵にある淑女に助けを求められたら、紳士たるもの、危険を顧みるべきではない。

ドーバーコート伯爵と婚約したエバ・ブラックウェルが、悪名高い恐喝屋のミルバートンに脅された。ミルバートンは彼女が別人に宛てたラブ・レターを入手。それを買い戻せと、法外な額をふっかけてきた。値切るための交渉が決裂し、ホームズはミルバートン家に忍び込んでラブ・レターを盗み出すことにした。思い止まるようにワトソンが説得しても、「絶望の淵にある淑女に助けを求められたら、紳士たるもの、まさか個人的な危険の問題を顧みるべきではないだろう」と、ホームズは耳を貸さなかった。

この「紳士 (gentleman)」とはいかなる存在であろうか。ホームズは具体的な要件を語らなかった。しかし、ホームズの言動から察するに、生きるのに必要な知恵と勇気のみならず、他者に対する寛容や博愛の精神を備え、信義を重んじ、自らの言動に責任を負えるような者を指していることがうかがわれる。いずれにせよ、世間から紳士だと認められるよりも、自ら紳士たらんとすることの方が、はるかに困難なことは明らかだろう。

そもそも中世や近世のイギリスにおいて紳士といえば、領主的な性格を有する地主で、本人が国王のお目見えか否かにはかかわらず、紋章を許された家系の者を指していた。ちなみにドイル一門は百年戦争の頃にフランスから渡ってきた、貴族的な身分のド・オイル（D'Oel）家の子孫だとされている。それがアイルランドに根を下ろしたのが十七世紀の初頭。その後、カトリック教徒迫害によって没落したことになっている。そして、母メアリーの母方の家系から姻戚関係をたどれば、プランタジネット王家にも連なるという。メアリーはこの栄誉ある家系に矜持を抱いており、ドイルにも少なからぬ影響を与えていた。なにやら「清和源氏の子孫」めいた話になってしまうが、ドイル家は牡鹿の頭部を意匠にした紋章を有しており、紳士の後裔であることを強く意識していたようである。

“Surely a gentleman should not lay much stress upon this, when a lady is in most desperate need of his help?”

「絶望の淵にある淑女に助けを求められたら、紳士たるもの、まさかそんなこと（個人的な危険の問題）を顧みるべきではないだろう」
注）文中の “this” は、“the question of personal risk（個人的な危険の問題）” を指す。

『チャールズ・オーガスタス・ミルバートン』

自尊心と名誉にかけて最後まで戦うつもりだ。

ミルバートンに恥をかかされ、手紙を買い戻す交渉はホームズの完敗。依頼人を窮地から救うことはもちろんだが、まずはなによりもワトソンに宣言したとおり、ホームズにとっては「自尊心と名誉にかけて最後まで戦うつもりだ」ということだった。いよいよミルバートン家に忍び込んだホームズとワトソンだったが、二人の目の前に現れた謎の女性がミルバートンを射殺。彼女が立ち去ったあと、恐喝の材料になっていたと思われる金庫の中の書類を、ホームズはことごとく暖炉で焼き捨てた。

「紳士 (gentleman)」の次は「名誉 (reputation)」である。探偵としての手腕を賞賛され、ホームズも気をよくしていたことはあったが、彼が語った名誉とは趣旨が異なるようだ。むしろ自らの信ずる正義に忠実であること、すなわち内面の問題だったのではないかと思われる。名誉が心の内にあるのならば、たとえ周囲に容れられなくてもかまわない。それに比べたら、世間の顕彰や栄典の授与など、まさに形式的なものであろう。

現実世界では一九〇二年、ドイルをナイトに叙爵することが内定した。ドイツをはじめとする海外はもとより、国内からも非難の声が寄せられたボーア戦争において、イギリスの立場を擁護する広告塔の役割を果たした功績が評価されたのだ。好奇心にかられたドイルは、医師団に加わって戦争見物に出かけたが、凄惨な現実を目の当たりにして慄然とした。それでも、イギリス軍の記録に一部捏造があったことも知らず、焦土化作戦の正当性を訴えた。民間人を連行し、腸チフスが蔓延して婦女子を中心に二万八千人が死亡した強制収容所についても、人道にかなった行為だと力説した。その奮闘により、イギリスへの非難は鎮静化。彼はある意味でボーア戦争最大の英雄となった。しかし、ドイルは叙爵を辞退するつもりだった。田舎の市長のお飾りだと切り捨てた。結局は母メアリーに戒められて叙爵。サー・アーサー・コナン・ドイル、略してアーサー卿となり、同時にサリー州副知事という名誉職にも補任された。二十年あまりたって発表された『三人のガリデブ』(第九章)には、同じ一九〇二年にホームズがナイトへの叙爵を辞退したことが記されている。

"He had, as you saw, the best of the first exchanges, but my self-respect and my reputation are concerned to fight it to a finish."

「きみが見てのとおり、初回のやりとりは彼の完勝だったが、ぼくの自尊心と名誉にかけて最後まで戦うつもりだ」
『チャールズ・オーガスタス・ミルバートン』

きみはきみの線を、ぼくはぼくの線をたどろうではないか。

石膏のナポレオン像が盗まれては壊されるという事件が相次いだ。そして四つ目の像が盗まれた家の前では殺人事件が発生。殺人事件を優先したレストレード警部は、まずは被害者の身元を割り出すことにして、ホームズはナポレオン像に隠された秘密を探ることにした。そこでホームズは「きみはきみの線を、ぼくはぼくの線をたどろうではありませんか」と、あとでレストレードと両者の成果を比較することにしたのである。レストレードは被害者がマフィアの一員であることを突き止め、ホームズは五つ目の像を所有する家の前で待ち伏せして犯人を逮捕した。さらには六つ目の像の中に埋め込まれていた黒真珠を発見。二人の別動捜査が効を奏して、殺人事件も窃盗事件も一挙に解決した。

どこかでホームズとレストレードが、似たようなやりとりを交わしたと気がついたら、なかなかのシャーロッキアンである。『ボスコム谷』（第三章）は、父親殺しの容疑で逮捕されたジェームズ・マッカーシーを、ホームズは無罪、レストレードは有罪という立場から捜査活動を進めるという展開になっている。「きみはきみの方法でやりなさい。そして、ぼくはぼくの方法でやりますよ。（"You work your own method, and I shall work mine."）」と、ホームズがレストレードに告げる。これはレストレードの誤った方針には付き合えないと、ホームズが彼を突き放した言葉だった。

しかし、『六つのナポレオン』では二人の目的が一致。ホームズは石膏像を破壊する動機、一方のレストレードは殺人の動機を解明することによって、同一の犯人が逮捕できるものと考えた。そして、互いの収獲を比較して補完しようという協力態勢をしいたのだ。この場合、ホームズとレストレードの二人が共同で捜査するという選択肢もあったが、せっかく捜査能力のある者が二人もいるのだから、それぞれの方法を試してみるのも悪くはないはずだった。あとは進捗状況を比較して、どちらの方法が効率的だったのかを判断すればよい。結局、ホームズは犯人の出現場所を予測し、レストレードは潜伏先をしぼり込んだ。そこで待ち伏せの方が手っとり早いと、その日はホームズ案を採用し、予測がはずれたら翌日はレストレード案に従うことにした。つまりホームズはレストレード案という一種の保険があったからこそ、待ち伏せ案に賭けてみることができたのだ。

"I suggest that you go on your line and I on mine."

「きみはきみの線を、ぼくはぼくの線をたどろうではありませんか」

『六つのナポレオン』

一度は深みにはまったが、この先どこまで高みに上れるか、私に見せていただきたい。

大学の指導教員であるソームズ講師の部屋に忍び込み、高額の奨学金が給付される学生を選ぶ試験の問題を書き写そうとした者がいた。ソームズと同じ学寮に寄宿していた三人の学生は、いずれも試験を受ける予定だった。部屋の鍵を戸に差し込んだまま施錠を忘れた雑用係のバニスターは、責任感のゆえか、病人のようになってしまったという。

ホームズが呼び出した学生は、父親が破産した秀才のギルクリストだった。かつてバニスターはギルクリスト家の執事で、ことのいきさつを察するや、彼の不正行為を隠蔽しようとした。しかし、バニスターに説得されたギルクリストは、ことが露顕する前に、すべてを告白しようと決意。彼は大学を中退し、アフリカのローデシアの警察署で官僚生活をはじめることにした。ホームズはギルクリストの潔さを認め、「一度は深みにはまったが、この先どこまで高みに上れるか、私たちに見せていただきたい」と激励した。

舞台となった大学は、オックスフォード大学かケンブリッジ大学のいずれかであろう。ギルクリストもここを優秀な成績で卒業すれば、体制内エリートとしての将来が開けるはずだった。しかし、彼はローデシアに赴任することにした。父親が准貴族だったから、多少の配慮は期待できるにせよ、大学中退ではキャリア待遇は望めまい。つまり彼は本流の出世コースを捨て、あえて苦難の道を選ぶことで、自らを罰したともいえる。それゆえに、ローデシアにおける輝かしい未来を確信すると、ホームズは鼓舞したのである。

深みにはまったのはギルクリストにとって不幸なことだった。しかし、深みにはまったときにこそ、その人の真価が問われるもの。逆境にあっても、なにかを学び得たのであれば、決して無意味な苦労ではないはずだ。深みを脱すれば、あとは高みを目指すのみ。天を仰いで上れば気分もよい。歩を進めるたびに、必ずや視界もひらけてゆく。その高みに上ってゆく雄姿を見せてほしい。すべては自分次第である。ホームズははるかに年下で、一介の学生にすぎないギルクリストに、「貴君（sir）」と呼びかけている。

"For once you have fallen low. Let us see, in the future, how high you can rise."

「一度は深みにはまったが、この先どこまで高みに上れるか、私たちに見せていただきたい」
注）七五調に整えるため、見出しの文は「私」とした。

『三人の学生』

シャーロック・ホームズ氏が欠けている。

コーラム教授の屋敷に住み込みで雇われていた秘書スミスが書斎で刺殺され、その手には金縁の鼻眼鏡が握られていた。彼の最期の言葉は「あの女」だ。犯人は裏口から、足跡を残さないように、庭の小道の草むらの上を通って逃げたらしい。ホプキンズ警部が到着するまで、犯行現場や庭の小道はそのままに保存されていた。事件を捜査するにあたり、なにも欠けてはいないでしょうと、助力を求めるホプキンズに、「シャーロック・ホームズ氏を除いてはね」と、ホームズが苦笑しながら応じた。

殺人事件であることは明白なれど、盗まれたものがなければ、被害者が恨まれていた可能性もなく、犯行の動機が見当つかないと、ホプキンズはお手上げ状態になっていた。しかし、彼なりに手だては尽くしたようだった。お膳立ては整った。なにも不十分な点はないでしょう。さあ、ホームズさんの出番ですよときたところで、シャーロック・ホームズ氏を除いては、欠けたるものなしですな、ということになる。ご依頼の件は引き受けました。でも、肝心なことを忘れていませんか。私が行かなければ解決できませんよという意味を込めての大見得である。

この事件では、スミスがつかみ取った鼻眼鏡から、犯人が強度の近視だと判明。さすれば、帰りは眼鏡をなくした犯人が、屋敷内に忍び込んだときと同じく、幅の狭い草むらの上を踏み外さずに歩いて逃げ出したはずはない。ホームズはそのように推理を組み立て、犯人のアンナがコーラム教授の寝室に隠れていることを突き止めるのだが、決め手となった眼鏡や草むらを検分したのは、大見得を切ったあとのことだった。すなわち、まだなにも裏付けのない状態だったので、見方によっては、はったりだということになる。実際にホームズは、眼鏡がなければ真相が解明できたかどうか、確信がもてなかったことを認めているほどである。

しかるに謙虚なばかりが能でもない。あきれるような大見得にも、また小気味のよい響きがある。ときには途中で引っ込みがつかなくなるような大見得を切ることで、自らを発奮させることも、ホームズには必要だったのだろう。

"Except Mr. Sherlock Holmes," said my companion, with a somewhat bitter smile.

「シャーロック・ホームズ氏を除いてはね」と、私の友人はいくぶん苦笑しながらいった。

『金縁の鼻眼鏡』

少しだけ慎重かつ巧妙に策を練れば、目的は達せられるものだ。

ケンブリッジ大学の名ラグビー選手ストーントンが、オックスフォード大学との対抗戦の前夜、チームが宿泊していたホテルから失踪した。ラグビー部の主将オバートンに依頼されたホームズがホテルの部屋を調べたところ、ストーントンは助けを求める電報を打っていた。そのあて先を調べるため、発信した電報局で控えを見たいと申し入れても、なかなか応じてはもらえないだろうが、「少しだけ慎重かつ巧妙に策を練れば、目的が達せられることは疑いない」と、ホームズがワトソンにいう。

正攻法がきかないときは策を練れ。しかもちょっとした策でよい。この『スリー・クォーターの失踪』でホームズは、電報の発信者の顔なんて覚えていないと、ストーントン本人に成りすまし、返信が来ないので、文末に自分の名を書き忘れたかもしれないと、局員をだまして控えを見るのに成功した。局員にあて先を訊かれたときも、なにか勘ちがいをしたかのように装い、文面の最後の三語を答えることで切り抜けた。あとはあれこれと問い詰められないように、返信が来ないのが心配でならないと、すっとぼけただけ。なにも夜間に電報局に侵入して控えを捜すとか、捜査令状を携えた警察官を同行させるとか、強引な手段に訴える必要はなかった。まずは目的を果たすことが優先だ。いささか小ずるいかもしれないが、このちょっとした工夫を凝らせるか否かが分岐点。これはもう探偵術というよりも、心理学を応用した処世術の問題だ。

電報のあて先はアームストロング博士だった。彼はケンブリッジ大学医学部の首脳の一人だったが、話をしようにも取りつく島がなく、ホームズの尾行も見事にかわされた。翌日はいよいよ奥の手と、犬を使って博士の馬車を追跡したところ、たどり着いたのは人里離れた田舎屋だった。そこには妻を亡くし、泣き崩れるストーントンがいた。彼は裕福なれども吝嗇だったマウント・ジェームズ卿の遺産相続人に指名されていたため、一庶民の娘と結婚したことを公表できなかったのだ。失踪者の行方を探り出し、犯罪事件でないことを確認したホームズは、ストーントンの秘密を漏らさないことを博士に約束し、ワトソンと立ち去ることにした。

“However, I have no doubt that with a little delicacy and finesse the end may be attained.”

「でも、少しだけ慎重かつ巧妙に策を練れば、目的が達せられることは疑いない」

『スリー・クォーターの失踪』

特別な知識や能力を備えていると、簡単な説明よりも難しい説明を求めたくなる。

アベイ農園の当主ユーステス卿が、火かき棒で殴殺された。どうにか命が助かった妻メアリーの供述から、ホプキンズ警部はランドール父子という三人組の強盗による犯行だと断定。しかし、逃走前に三人で乾杯すべくワインを注いだグラスには、そのうちのひとつだけにしか澱が残っていなかった。もしも実際に使用したグラスがふたつならば、三人組の強盗がいたというメアリーの供述が信用できなくなってくる。ホームズは不審なものを感じつつも、「特別な知識や能力を備えていると、すぐさま簡単に説明できるときでも、どちらかといえば複雑な説明を求めるようになるのでしょうな」と、ホプキンズの前で無理に自分を納得させようとしている様子だった。

誰しも得意な分野には一家言がある。おざなりの説明では得心できず、とことん詮索したくなる。やたらとむきになってしまい、「まあ、そんなものだろう」とはお茶を濁せないのだ。考えすぎたり、こだわりすぎたりして、かえってややこしい事態を招くこともある。ホームズもまた同様。グラスの話のみでは、完璧ともいえるメアリーの供述を覆すのに不十分だった。余計な提言が、ホプキンズの捜査を混乱させることにもなりかねなかった。しかし、いかなる結果になろうとも、ホームズには事件をこのままにしておけなかった。ホームズの本能が、裏に隠れた欺瞞を叫んでいたのである。

　ホームズによる再度の現場検証で、メアリーの供述は虚偽だと判明。彼女は酒乱だったユーステス卿の暴力に苦しんでいたところ、結婚前の知り合いだったクローカー船長が訪ねてきた。そこにステッキを持ったユーステス卿が現れて、船長と格闘の末に死亡。皆で共謀して事実を隠蔽しようとしていたのだ。

ユーステス卿の殺人現場を調べるホームズ

"Perhaps, when a man has special knowledge and special powers like my own, it rather encourages him to seek a complex explanation when a simpler one is at hand."

「おそらくは、私のように特別な知識や能力を備えていると、すぐさま簡単に説明できるときでも、どちらかといえば複雑な説明を求めるようになるのでしょうな」
『アベイ農園』

無条件でのお約束はできません。

ある外国の君主からイギリス政府に差し出された書簡が、ヨーロッパ担当相ホープの自宅の寝室に置いた文箱から消え失せた。イギリスの植民地政策を弾劾する内容とあって、公表されたらヨーロッパ大戦の火種にもなりかねないものだった。まずは家人が盗み出し、それが金銭目当てのスパイの手に渡ったにちがいない。しかも前夜には、大物スパイのルーカスが殺されていた。書簡を取り戻すように依頼したホープが帰ったあと、今度は彼の妻ヒルダがホームズを訪ねてきた。事件との関連を予測したホームズが、彼女の要望を聞くに先立ち、「無条件でのお約束はいたしかねると存じます」と釘を差した。

ホームズはなかなか慎重だった。まさかベルミンスター公爵令嬢のヒルダが、ホープを尾行してきたはずはないが、彼女は文書が消えたという話を夫から聞いているので、この件を除いて、ホームズに用があろうとは思えない。案の定、ヒルダはホープの来訪について質問してきた。これは彼がホームズに、文書の取り戻しを依頼したのかを確かめる意図が込められていた。ホームズが認めると、今度は自らの来訪を夫に知らせないようにと求めてきた。もしもヒルダの口から重大な事実が語られたら、それをホープに打ち明けなければならなくなることも想定される。さすれば、ヒルダとの約束を守れないことも懸念されたので、彼女を裏切ってはならないという責任感のゆえに、あえて免責を求めたのだ。

ホームズはホープに秘密厳守を約束しており、相手がヒルダといえども例外ではなかった。事件がホープの政治生命のみならず、社会全体に深刻な影響を及ぼすことは隠そうとしなかったが、守秘義務に反する質問に対しては、その旨を明示した上で、くり返し回答を拒み、彼女を落胆させている。しかるに、もしも彼女の歓心を買うために、ホープとの約束を反故にしたら、結局のところ、ホープはもとより、ヒルダの信頼をも失ったにちがいない。ホームズは親身な者だと慕われるよりも、誠実な者だと信頼されることを望んでいたのである。

"I beg that you will sit down and tell me what you desire, but I fear that I cannot make any unconditional promise."

「どうかおかけになって、ご要望の向きをお話しくださいませ。ただし、無条件でのお約束はいたしかねると存じます」

『第二の血痕』

この三日間のできごとで、ただひとつ重要だったのは、なにごとも起きなかったということだ。

無為に三日が過ぎた。植民地政策は内政問題だからして、他国に挑発されれば、イギリスは国家の威信を保つためにも宣戦しなければならなかった。相手国にも同盟国が存在するし、イギリスが当事国となる戦争を見越して、漁夫の利を得ようとする国も出てくるだろう。ホームズの許には、事態の推移に関する連絡が、一時間ごとに政府から届いていたものの、まだ国際紛争がはじまりそうな気配はなかった。つまり問題の書簡は、第三国の政府には渡っていないことになる。なにゆえに犯人は盗んだ書簡を、活用しようとはしないのか。「この三日間で、ただひとつだけ重要なことがあった。それはなにごとも起きなかったということだ」と、ホームズがワトソンに疑問をぶつけた。

文書を盗んだのは、ルーカスに弱みを握られて脅されたヒルダだった。彼女はルーカスが私怨により殺されたあとで、首尾よくルーカス家の床下の隠し場所から、書簡を取り出した。だが、ルーカスの一件を内密にしたままで、夫に書簡を返却するのは不可能なことだった。そこで破棄することを考えて手許に保管。ホームズの機転により、書簡は元の文箱に戻され、そもそも紛失していなかったということで落着した。

とかく人々の関心は、なにかが起きなかったということよりも、なにかが起きたということに偏向しがちである。これは後者の方が、目立ってわかりやすいからだろう。しかしながら、『白銀号』（第四章）に記したように、犬が吠えなかったことを、ホームズが重視したのと同じく、なにも起きなかったことが意味を持ってくる場合もある。『第二の血痕』では、三日間も犯人が書簡を売却も公表もせず、所持したままに沈黙しているという事実を導いたことから、ルーカス家に入った女性が存在することを聞き知るに及び、たちまちにして犯人を割り出してしまった。最後は収穫が得られなかったことをもって、収穫としたのである。

“Only one important thing has happened in the last three days, and that is that nothing has happened.”

「この三日間で、ただひとつだけ重要なことがあった。それはなにごとも起きなかったということだ」

『第二の血痕』

『恐怖の谷』の登場人物ダグラスのモデルとなったピンカートン社の探偵ジェイムズ・マクパーランド

第七章

『恐怖の谷』

The Valley of Fear

（1914-1915年発表、1915年刊、長編）

第一部　バールストンの悲劇　The Tragedy of Birlstone

　事件を予告する暗号文が、モリアーティー教授の部下ポーロックから寄せられた。果たして、バールストンの領主館では、当主ダグラスが散弾銃で顔面を撃たれて惨殺された。しかし、ダグラスの妻アイビーにも、親友のバーカーにも故人を悼む様子はなかった。

第二部　スコウラーズ The Scowrers

　ダグラスの正体は、その昔、労働組合の側に立ち、アメリカの炭鉱町を支配していた暴力集団スコウラーズを壊滅すべく、企業側に雇われた探偵だった。往時の探偵談が三人称で語られる。

確かにきみは自分自身を見くびっているね。

犯罪王モリアーティー教授の部下ポーロックから、アルファベットと数字を並べた暗号文が届いた。彼はホームズに組織の情報を売っていたのだ。解読に着手したホームズは、本を出典とした暗号だとのヒントでワトソンを誘導してみたが、彼は早々にさじを投げてしまった。そこで「確かにきみは自分自身を見くびっているね」というホームズが、もう一度ひらめかないか、名案は思い浮かばないかと、ワトソンを促した。

ワトソンはホームズのヒントを手がかりに、文中のCが「段（column）」を指すというところまではこぎつけた。およそ判じ物が得意ではない彼にしては立派なものだった。しかし、ホームズが今朝は頭がさえているとほめても、それ以外に推理できることはないというワトソンは、いささかあきらめが早すぎるようだった。ホームズはそんな彼が歯がゆかったのか、さらにヒントを出すことで、最後は暗号の出典がなにかの年鑑であることを当てさせた。いわく、きみが気づかないとは思っていなかったよ、である。

ホームズがものごとを解明してばかりでは面白くないでしょう。読者の皆さんも、ワトソンと一緒に試してみませんかという趣向。大冊で二段組のありふれた本ですよ。版を特定できないから聖書ではありません。版がひとつしかない本です。ブラッドショー鉄道案内は、使用されている単語が限られているから、これもちがいます。一ページ中の一段に、手紙を書くのに足りる単語を拾える本ですよ。さあ、なんでしょう……。ホームズ談にはめずらしいクイズ型の展開である。

ホームズは間髪を容れずにヒントを出しているから、なにかの本が暗号の出典になっているという見解を披露した時点で、暗号文中の最初の二語「534 C2」が、ある年鑑の五百三十四ページの下段（横書きの洋書では右組み）から、単語を捜せということを意味していると、察していたはずだった。それにもかかわらず、あえてワトソンに当てさせようとした。彼が間違えても叱咤したり、揶揄したりすることなく、まるでおだてるように励ましている。ワトソンが自分には解読できないと決めつけているのか、あるいは、ホームズに解読してもらおうと他力本願になっているのかと、懸念したのかもしれない。無論、ワトソンの探偵術には、いくらも期待していなかっただろうが、ワトソンなりに努力してみればよいと、ホームズは励ましているようだった。

“Surely you do yourself an injustice.”

「確かにきみは自分自身を見くびっているね」

第一部第一章《警告》

時代に先走ると、往々にして損をすることがある。

ホームズはありふれた年鑑として、ウィッテイカー年鑑を試してみることにした。ところが、暗号文中に記された数字の順番に単語を拾っても、「マラタ」「政府」「豚毛」と意味をなさなかった。そこでホームズは「時代に先走ると、往々にしてその報いを受けることがある」と、次は昨年版を調べてみることにした。すると、今度はバールストンのダグラスという富裕者に、危険が迫っているという内容であることが判明。折しも訪ねてきた警視庁のマクドナルド警部によれば、昨夜のこと、バールストンの領主館で当主のダグラスが惨殺されたのだという。

なにごとにつけ、時代を先取りしたいと思っていたホームズは、年鑑も新版を購入していた。しかし、誰もが発売直後に新版を入手するとは限らない。ポーロックが昨年版を暗号文の作成に用いたので、一度目は無駄骨になってしまった。彼が新版を所持していなかったのか、それともホームズが新版を所持していないと思ったのかは、明らかでない。おそらくポーロックは新版を所持しており、ホームズもまた同様だとは推測していたが、もしもの場合に備えて昨年版を用いたと解釈するのが妥当だろう。

されど、ホームズは必ずしも、ここで自認しているような新しもの好きではなかった。例えば電話である。ロンドンに電話交換局が開設されたのは一八七九年だが、一八九八年か一八九九年までは、ホームズの電話加入が確認できない。確かにイギリスでは相手の都合に構わず、一方的にかかってくる電話が嫌われて普及が遅れ、イングランド銀行も二十世紀初頭までは電話なしだった。だが、ホームズは探偵なのだから、緊急の連絡もあるだろうし、銀行のように書面を重んじる必要はなかったはずだ。電気についても、またしかり。電線を引いたことが確認できるのは、なんと彼が下宿を引き払う一九〇三年。読書や論文執筆で夜更かしがちなホームズには、ガス灯よりも明るい電灯の方が望ましかったのではないかと、こちらも大いに疑問である。
当時はトルコぶろと呼ばれていたサウナぶろに通いはじめたのも、リューマチ気味のワトソンに影響されてからだった。それまでは頑固にイギリス式の冷水浴を好んでいた。まさか、この『恐怖の谷』における暗号解読がきっかけで、時代の先取りを止めたのではあるまいが。

"We are before our time, and suffer the usual penalties."

「時代に先走ると、往々にしてその報いを受けることがある」

第一部第一章《警告》

ともあれ、自分で正々堂々だと考えているにすぎないが。

マクドナルド警部に随行して、ホームズとワトソンがバールストン駅に到着。地元警察のメーソン主任捜査官は、ホームズが彼らを出し抜こうとしているのではないかと、疑念を抱いている様子だった。そこで、一緒に働いたことがあるが、正々堂々と勝負する人物だと、マクドナルドがホームズの人柄を保証。ホームズは「ともあれ、自分で正々堂々だと考えているにすぎませんがね」と補足した。

この「正々堂々（the game）」は、フェアー・プレー精神のこと。イギリスでは近代以降の紳士教育において、サッカーやラグビー、あるいはボート・レースなどの団体競技が、協調性や忍耐力のみならず、フェアー・プレー精神を培うものとして重視されていた。例えばサッカーのオフサイドである。門外漢にはわかりにくいルールだが、ゴールキーパーの負担を軽減して得点を難しくするほかに、フェアー・プレー精神に反する待ち伏せ作戦を禁止するという趣旨が込められていた。激しやすい競技だからこそ、試合は紳士的でなければならないという発想である。

しかし、実生活においては運動競技と異なり、すべてのルールが整備されているものではない。だから、なにをもって正々堂々だと考えるかは、人それぞれに判断しなければならず、それらがときには共通認識とならないこともある。

『恐怖の谷』では、まずメーソンが事件の概要について説明し、次にマクドナルドがホームズに促されるままに自らの見解を披露した。これをワトソンはいかにもホームズらしい公正な流儀だと記述したが、メーソンにしてみれば、先に警察側の二人が手の内を明かしてしまったことになる。彼としては領主館の現場検証をはじめる前に、ホームズにも手の内を明かしてほしかったにちがいない。ホームズが正々堂々のつもりでも、メーソンには卑怯だと思われることがあるかもしれない。逆にホームズがメーソンを卑怯だと思うことがあっても、メーソン本人は正々堂々のつもりでいる場合があるだろう。かように正々堂々とは主観的で、独善的なものであることを、ホームズはメーソンに心得ておいてほしかったようである。

“My own idea of the game, at any rate,” said Holmes, with a smile.

「ともあれ、自分で正々堂々だと考えているにすぎませんがね」と、ホームズは微笑を浮かべながらいった。

第一部第四章《暗黒》

他人をだしにして点数を稼ごうと思ったことはない。

メーソン主任の疑念を晴らすべく、ホームズが自らの信条を語った。彼が事件の捜査に加わるのは、正義を守り、警察の仕事を手伝うためだった。警察から離れて独自に捜査を展開したとしても、それは警察に協力してもらえなかったからであり、手柄を独り占めするためではない。いわく、「他人をだしにして点数を稼ごうと思ったことはありません」である。だから、今回も自分の流儀に従って捜査することを認めてほしい。もちろん、捜査の結果は、しかるべき時期を見計らって、完全な形で報告するということだった。

過去にも犯罪事件の被害者が警察に届け出た上で、ホームズにも調査を依頼し、両者が競合して軋轢が生じたことがあった。また、依頼人の事情などを考慮した結果、事実を隠蔽して意図的に犯人を逃したこともある。ただし、警察の上前をはねるようなことをしなかったのも、また事実。ホームズは組織に所属していないので、組織の指揮監督に従う義務がなく、成功しても失敗してもすべては自己責任。成功したら自分の功績、失敗したら他人のせいと、ご都合主義的に立ち回ることはできなかった。その意味では潔いところがあった。

そして、もうひとつ。ホームズは探偵能力に恵まれていたので、他人をだしにする必要がなかった。

そもそも他人をだしにするのは、自分が楽をしたいか、自分に能力が不足しているかのいずれかだ。周囲から楽をしたいのだろうと思われるのならばともかく、能力が不足しているのだろうと思われたら、さすがにホームズともあろう者が情けない。点数を稼いだつもりが、稼げていないことになる。

やや例外的なのが『海軍条約』（第四章）か。このときの担当はフォーブズ捜査官。彼は警察が集めた情報を活用することで、ホームズが事件を解決して手柄を横取りし、警察の信用を失墜させていると誤解していた。そんなフォーブズに、受け持った職務を果たしたいのならば、敵対するよりも協力した方がよいと、ホームズは勧告。彼は態度を改めて、捜査の経緯を話すことにした。しかし、ホームズはわざと犯人を逃がしたあとで、子細を電報でフォーブズに知らせた。手柄を譲るという約束は守ったが、おそらくフォーブズには犯人が逮捕できないことを、ワトソンたちにほのめかしている。

“I have no wish ever to score at their expenses.”

「他人（警察）をだしにして点数を稼ごうと思ったことはありません」
注）文中の“their”は、“the official force（警察）”を指す。

第一部第四章《暗黒》

自分の考えが正しいと得心できるまで、口外せずに熟慮する。

　ダグラスの死体は散弾を受けて顔がつぶれていた。一方、彼の妻アイビーと親友のバーカーの間には、なにか秘密があるらしい。ホームズは領主館の堀を調べて真相を解明。「自分の考えが正しいと得心できるまで、口外せずに熟慮すべきだと思います」と、前置きした上で、マクドナルド警部たちの尽力が徒労に終わることを知りながら、それを放置しておくことはできないので、捜査活動を打ち切るようにと、ホームズが助言した。

　不確実な話で他人を混乱させれば、無責任だと批判されて信用をなくすし、情報を出し惜しみしていると誤解されたら嫌われる。そうなると小ずるい方法かもしれないが、得心できるまでは、なにもわかっていないふりをして、黙っているのが一番よい。ただし、ホームズの場合は、まだバーカーが犯人を隠匿したという証拠を入手していなかった。おとり捜査で彼を挙げるには、マクドナルドたちの協力が必要だったため、いつまでも黙っていることはできなかった。そこで、現時点ですべてを打ち明けることはできないが、なるべく早く話すことにすると約束したのである。

　ホームズの罠にかかったバーカーは、堀に沈めた衣類を引き上げたところを押さえられて万事休す。ダグラスは領主館に侵入した復讐鬼のボードウィンともみ合ううちに、散弾銃の弾が発射され、ボードウィンの顔がつぶれてしまった。次なる復讐の魔手を避けるには、ダグラスが殺されたことにするのがよいと、ボードウィンの死体をダグラスの死体に偽装。バーカーはボードウィンの衣類を館の堀に沈め、ダグラスは身を隠すことにした。彼はかつてアメリカの炭鉱町を牛耳っていた暴力集団を、潜入捜査によって壊滅させた探偵で、その残党たちに命を狙われていた。

『恐怖の谷』の第二部はダグラスのアメリカ談になるが、一八七七年にペンシルバニア州で、アイルランド系労働者の秘密結社モリー・マグワイアーが、経営側の幹部や警察官を殺害した事件を題材としている。一方、『恐怖の谷』が執筆された一九一四年、アイルランドでは労働運動が高じ、暴力的な社会主義革命の様相を呈しはじめていた。この作品には、過激な労働運動を抑制しようとする、ドイルの意図が込められている。

“I should retain and work out my own ideas until I had satisfied myself that they were correct.”

「自分の考えが正しいと得心できるまで、口外せずに熟慮すべきだと思います」
第一部第七章《解決》

IN THE RUBBER COILS.

『ウィステリア荘』（一九〇頁）で告発されたベルギー国王レオポルド二世を人食い蛇に見立てて皮肉った風刺画。

第八章
『最後のあいさつ』
His Last Bow

（1917年刊、短編集、収録作品の年号はストランド誌への掲載年）

『ウィステリア荘』 The Adventure of Wisteria Lodge（1908年）
招待された家の住人が、翌朝には誰もいなくなっていた事件。

『ボール箱』 The Adventure of the Cardboard Box（1893年）
切り取ったふたつの耳が小包で届いた事件。

『赤い輪』 The Adventure of the Red Circle（1911年）
下宿人が別人に入れ代わった事件。

『ブルース・パティントンの設計書』
The Adventure of the Bruce-Partington Plans（1908年）
最新鋭の潜水艦の設計書が盗まれた事件。

『瀕死の探偵』 The Adventure of the Dying Detective（1913年）
ホームズが熱病で危篤になった事件。

『フランシス・カーファックス嬢の失踪』
The Disappearance of Lady Frances Carfax（1911年）
貴族の令嬢が悪徳宗教家に拉致された事件。

『悪魔の足』 The Adventure of the Devil's Foot（1910年）
兄弟妹の三人が恐怖の表情を浮かべて発狂・死亡した事件。

『最後のあいさつ』 His Last Bow（1917年）
第一次世界大戦前夜にイギリスの軍事機密がスパイに盗まれた事件。

落馬するために乗馬するようなものだ。

依頼人のエクルズは、スペイン系のガルシアという者に招待され、彼のウィステリア荘に一泊したが、翌朝にはガルシアも使用人たちもいなくなっていた。エクルズの足取りを追って下宿にたどり着いた警視庁のグレグソン警部によれば、昨夜にガルシアが近所の野原で殴り殺されたという。このエクルズは見るからに謹厳実直で、いかなる陪審員にも信用されそうな人物だった。なにかの犯行を企てたガルシアが、エクルズをアリバイ工作の証人に仕立てるつもりだったのではないかと推理したホームズは、犯行現場からさほど遠くないハイ・ゲーブル荘に住む、ヘンダーソンの周囲を探ることにした。

一方、サリー州警察のベインズ警部は、確たる証拠もないのに、ガルシアの料理人を待ち伏せして逮捕。彼が怪力の持ち主で、ガルシア殺害の翌日にウィステリア荘に姿を現したというだけの単純な理由だった。捜査が誤った方向に進んでいるとホームズが忠告しても、ベインズは耳を貸さない。「落馬するために乗馬するようなものだ」と、ホームズがワトソンの前で肩をすくめた。

馬に乗ったことのない人が、誰の指導も受けずに乗ったら、おそらく落馬して大けがをするだろう。ホームズの言葉には、ベインズの無鉄砲を戒める意図が込められている。しかし、馬に乗らなければ絶対に落馬しないが、それではいつまでたっても馬に乗れないし、成功したらチャレンジ精神旺盛で、失敗したら無鉄砲というものでもない。かようにチャレンジ精神と無鉄砲は紙一重である。

『ウィステリア荘』が発表される二年前の一九〇六年、ドイルは二度目の衆議院議員選挙に立候補。乗馬は苦手だったが、選挙区ホーイクの年中行事だった競馬に自ら出走するほど、熱心に選挙運動を展開した。同じ選挙区には強力な対立候補が存在し、およそ勝ち目のある戦いではなく、落選したドイルは政界入りを断念した。この選挙で彼が所属していた統一党は総崩れ。文中の「落下（fall）」には、政府が倒れるという意味もある。

ちなみにドイルは、まだイギリスに数台しかなかったという自動車をいち早く入手したほどの自動車好きだった。運転を習ったばかりの頃には、下り坂で車体が転覆し、九死に一生を得たこともある。なにごとにもチャレンジ精神が旺盛だった彼も、二度の落選を踏まえて、無鉄砲を戒めるようになったのだろうか。

> “He seems to be riding for a fall.”
>
> 「落馬するために乗馬するようなものだ」
> 『ウィステリア荘』

運よく見つかったとはいったが、捜し出そうとしなかったら、見つからなかっただろう。

ホームズはヘンダーソンに解雇された庭師のワーナーを味方にして、ガルシアの死んだ夜から住み込みの家庭教師バーネットが消息を絶っているなど、様々な情報を入手した。このワーナーとの邂逅について、「運よく見つかったとはいったが、捜し出そうとしなかったら、見つからなかっただろう」と、ホームズがワトソンに語った。

おそらく元の雇い主に仕返しをしたいのだろうが、ホームズによれば、解雇されて不平不満を抱いている使用人は、実に有益な存在なのだという。ヘンダーソン家の内情をホームズが探りたがっていると知って、ワーナーの方から接触してきたのではない。捜したからこそ、見つかったのだ。果報は寝て待てとしないところが、いかにもホームズらしい。後にワーナーが救出したバーネットに聞けば、ヘンダーソンは中米サン・ペドロ国の残虐な元独裁者ドン・ムリロの変名で亡命生活中の身。ガルシアは彼を暗殺しようとして、逆に命を落としてしまったのだ。

また、実はベインズ警部も、ヘンダーソンに目をつけており、ガルシアの料理人を逮捕したのは、彼を油断させるための陽動作戦だった。このサリー州警察のベインズが名捜査官に描かれているのは、名誉職とはいえ、ドイルが同州副知事に補任されていたからである。

ドン・ムリロのモデルとなったのは、一〇五ページでもふれたが、私領コンゴ自由国の苛烈な統治によって得た財貨で、贅沢三昧に耽っていたベルギーのレオポルド二世だとされている。現地住民を駆り集めてゴム園で酷使し、働きの悪い者は、見せしめに手足を切り落とした。イギリスの外交官ケースメント（後年に叙爵してロジャー卿）から、彼の悪行を聞くに及び、ドイルは衝撃を受けた。決定的な証拠を揃えるのには日数がかかりそうだったため、まずは小説でレオポルド二世を告発することにした。それが、この『ウィステリア荘』である。そして、翌一九〇九年にドイルは『コンゴの犯罪』を著し、イギリス各地を講演して回った。狂信的な王室崇拝者による暗殺などは恐れていなかった。しかし、すでにベルギーに併合されたコンゴは、王室の支配を離れており、『コンゴの犯罪』の発表とほぼ同時にレオポルド二世も病没した。

> “I call it luck, but it would not have come my way had I not been looking out for it.”
>
> 「運よく見つかったとはいったが、捜し出そうとしなかったら、見つからなかっただろう」
>
> 『ウィステリア荘』

苦悩と暴力と恐怖は、なにゆえに結びつくのだろうか。

塩漬けにしたふたつの耳を納めたボール箱が、スーザン・カッシングに届けられた。スーザンの妹メアリーは、船の客室係のブラウナーと結婚したが、彼は酒乱の上に嫉妬深い性格だった。もう一人の妹セーラがあれこれと吹き込んだため、次第にメアリーの心はブラウナーから離れ、別の船員フェアベアーンと親しさを増していった。密会現場を押さえたブラウナーは逆上。二人を殺して切り取った耳をセーラに送りつけたつもりが、スーザンに誤配達されてしまったのだ。逮捕されたブラウナーは、罪の意識に頭がおかしくなりかけていた。彼の供述調書を読んだホームズが、「苦悩と暴力と恐怖は、いかなる目的で結びつくのだろうか」と、ワトソンに厳めしくたずねた。

暴力が被害者に恐怖をもたらすことはよくわかる。この事件でブラウナーは、法の裁きを受ける前に自らの良心に裁かれ、妻と不倫相手の幻影に怯えているので、暴力が加害者にも恐怖をもたらしたことになる。問題なのは苦悩である。愛憎なり健康なり金銭なりと、苦悩のない人はいない。暴力によって苦悩が解決できないことは自明なのに、それでも苦悩は暴力と結びついてしまう。もしも目的なくして苦悩が暴力と結びつくのならば、人の世は偶然に支配されていることになると、ホームズは考えた。そして、それはホームズにとって、断じて認められないことだった。

ところで、『ボール箱』には冒頭の場面で、国際問題を戦争で解決するのは反対だというワトソンの意見に、ホームズが賛成するという反戦思想が盛り込まれている。十九世紀の百年間で、例えば薩英戦争や下関砲台占領などの小規模な軍事衝突をも含めると、イギリスは百回くらい戦争をしたとされている。すなわち暴力と恐怖の結びつきとは戦争を意味しており、戦争が偶発的に生じることはホームズにとって許容できないのだから、なにがしかの目的が存在しなければならないということになる。ただし、ドイルはホームズを無条件での反戦主義者には描かなかった。しかるべき目的があるのならば、戦争は起こるべきものなので、最終的な手段としての戦争を、ホームズは放棄していなかったはずである。その一方で、戦争の裏には苦悩が隠れていることも、ホームズは忘れていなかった。勝利の栄光のみに踊らされてはならないことを悟っていたのだろうか。

> “What object is served by this circle of misery and violence and fear?”
>
> 「苦悩と暴力と恐怖は、いかなる目的で結びつくのだろうか」
>
> 『ボール箱』

絶えざる難題に悩む人間の叡知は、常に解答からはるか遠くをさまようのだ。

前ページのとおり、ワトソンの前で自問した苦悩と暴力と恐怖の結びつきに対するホームズなりの結論。この世には人間の叡知では解決できない難題が、絶えることなく存在するという意味だが、ホームズにしても解決は不可能なことだった。

『ボール箱』には反戦思想の他にも、七二頁に記した『緑柱石の宝冠』（第三章）と同様、母メアリーを糾弾する意図が込められている。しかも作品中、酒乱の夫ブラウナーが登場する上に、彼を見限った妻メアリーがフェアベアーンとの不倫に走り、最後はブラウナーが精神に異常をきたしてしまうなど、『緑柱石の宝冠』に比べて、ドイル家の内実がかなり赤裸々に描かれている。もちろん、ブラウナーはドイルの父チャールズ、そしてフェアベアーンは、母メアリーの世話をしたウォーラーの分身である。ドイルは『緑柱石の宝冠』のように、母メアリーとウォーラーを行方不明にするだけでは飽き足らず、父チャールズに二人を惨殺させてしまった。しかし、いかに小説作品とはいえ、それが妥当な行為だったのかは、ドイルにも自信が持てなかった。母親に異常ともいえる思慕の念を募らせる一方で、その母親を弾劾せずにはいられない苦悩を、ホームズは「絶えざる難題に悩む人間の叡知は、常に解答からはるか遠くをさまようのだ」と、代弁したのであろう。

ちなみに『ボール箱』は一八九三年に発表され、本来ならば『シャーロック・ホームズの思い出』（第四章）に収録されるはずだったが、ドイルの意向によって除外され、一種の欠番的な扱いになっていた。事情を知らない読者は、いささか内容が残虐だったほか、不倫を題材にしたことが原因なのだろうと推察していたけれど、実は母メアリーの立場を慮ったことが真の理由だった。それが一九一七年、シリーズ最後の短編集となる予定だった『最後のあいさつ』の刊行を期に、二十四年ぶりに封印が解かれたのだ。この三年後、母メアリーは静かに他界する。八十三年の生涯であった。

“There is the great standing perennial problem to which human reason is as far from an answer as ever.”

「絶えざる難題に悩む人間の叡知は、常に解答からはるか遠くをさまようのだ」

『ボール箱』

金も名声も得られないが、解決してみたいのだ。

ワレン夫人の新しい下宿人の男は、名前を明かさなかったが、アクセントからして外国人であるらしい。要求された部屋代の二倍を前金で払ったものの、一歩も外出せずに人目を忍ぶようにしているという。犯罪に無関係ならば部屋に押し入ることもできない。ホームズは、さしあたってなにかが起きるまで静観することにした。

翌朝、彼女の夫が自宅前で暴漢に拉致された。馬車に押し込められてあちらこちらを連れ回された挙げ句、道端に放り出されてしまった。どうやら問題の下宿人と間違えられたらしい。ホームズが下宿人の様子を探ったところ、男が女に入れ代わっていた。下宿が隠れ家に利用されていたのだ。ワレン夫人の依頼に対する調査が終了し、もはや得るものはなくなったと忠告するワトソンに、彼も医者として症例を研究するためには、報酬のことを考えずに治療することがあるだろうとホームズは反論。「金も名声も得られないが、解決してみたいのだ」と、下宿人の一件から手を引こうとはしなかった。

その夜、ワレン夫人の下宿の向かいの空き家から閃光暗号が発せられ、ホームズたちが乗り込んだところ、イタリア人の秘密結社の幹部ゴルジアーノが殺されていた。男女の下宿人は秘密結社に追われる夫婦だったが、妻と別行動をしていた夫のジェナロが、ゴルジアーノを返り討ちにしたのだ。

当初は下宿人がどうのと、取るに足らない話だった。されど、凶悪事件に発展することも予想されたので、ホームズは調査を続行することにした。彼にしてみれば、すでに金も名声も十分だという余裕がある。余裕があるからこそ、実利はなくても、自己研鑽のために事件を解決したいという欲求が満たされればそれでよい。いわば余裕がさらなる余裕を生むことになるもので、余裕のある人とは、かくのごとしである。

この頃、ドイルは舞台劇の製作と脚本執筆に精魂を傾け、自信作を次々と世に送りだしていたのに、興行的には不振の連続で、揶揄されることの方が多かった。まさに金も名声も得られなかったのだ。しかるにドイルの欲求はやまず、演劇から撤退しようとはしなかった。それが『まだらの紐』（第三章）を舞台化して、ついに念願の大成功。数々の失敗で膨らんだ借金を帳消しにした上に大儲けした。困ったときには、最後の切り札としてホームズがある。余裕のある人にはかなわない。

“There is neither money nor credit in it, and yet one would wish to tidy it up.”

「金も名声も得られないが、解決してみたいのだ」（終章も参照）

『赤い輪』

暗闇に光明を見たが、消えるやもしれぬ。

地下鉄から転落死した兵器工場職員ウェストの遺体から、潜水艦ブルース・パティントンの設計書の一部が見つかった。彼が国家機密を盗み出した経緯を解明し、紛失した設計書の残りを取り戻すよう、ホームズは兄マイクロフトに依頼された。現場検証をするに、遺体が発見されたのは、ポイントの切り換えで列車の揺れが激しくなる地点だった。しかし、線路に血の跡はなく、彼は乗車券を所持していなかったという。もしもウェストが別の場所で殺され、地下鉄の屋根に乗せて運ばれたあとで落下したのならば、すべてが合理的に説明できる。事件解決の糸口をつかんだホームズが、「暗闇に光明を見たが、消えるやもしれぬ」と、マイクロフトに電報を打った。

地下鉄車両の扉が手動式で、乗客が開閉していた当時、走行中の転落事故はめずらしいことではなかったが、とりあえずホームズは転落死を否定してみることにした。かように世間の常識に依らず、独自の議論を展開する場合、議論を補完する根拠が少ないと、往々にして説得力を欠いてしまう。ウェストが事故死でない可能性にたどり着いたのは、捜査が進展したことを示してはいるものの、これが設計書を取り戻す突破口となるのかは予測できなかった。ホームズでも見込み捜査をすることがある。負けず嫌いな面ばかりが目立つホームズなれど、見込みちがいも懸念されるときは、楽観主義に陥るのが禁物であることを率直に知らせ、過大な期待を抱かせないように配慮していた。

『ブルース・パティントンの設計書』が発表されたのは一九〇八年。前年には三国同盟に対抗した三国協商が成立し、ドイツとの関係がきわめて険悪になっていた時期である。ドイルはドイツとの戦争を想定し、海防強化の必要性を提言する一方で、戦争回避にも期待をかけていた。一九一一年に両国の親善目的に開催された自動車耐久ラリーには、後妻のジーンを助手席に乗せ、喜び勇んで参加。ドイル号は不正防止の監視役として同乗したドイツ人の伯爵とともに、ラリーから脱落しそうになりながらも楽しい旅を続けた。戦争の予感という暗闇の中、束の間とはいえ、ドイルなりに戦争の回避という光明を求めていたのかもしれない。彼はイギリスにおける反独感情をやわらげようとしたのか、いかにドイツ人がラリー中に友好的であったかを、さかんに喧伝している。

> “See some light in the darkness, but it may possibly flicker out.”
>
> 「暗闇に光明を見たが、消えるやもしれぬ」
>
> 『ブルース・パティントンの設計書』

峰を越えても次の峰が立ちはだかっているだけだ。

設計書の保管責任者だったジェームズ卿が死亡した。どうやら責任を感じて自殺したらしい。また、ウェストの婚約者によれば、当日は劇場に向かう途中、急に彼が走りだして霧の中に消え、それっきりになったのだという。しかも、その後にウェストがロンドン橋行きの列車に乗ったことが判明し、車両の屋根から死体が落下したという説があやしくなってしまった。推理を組み立て直す必要に迫られたホームズが、「前進しても、次の峰が立ちはだかっていることがわかるだけだ」という認識をワトソンに示した上で、「しかし、いくらか前進していることはまちがいない」と付け加えた。

ものごとが進展せず、終着点が見えないとか、終着点が存在するのかどうかもわからないというのは、気がそがれるものである。出口の見えない堂々巡りに陥っているのではないかと、疑問を抱くこともあるだろう。ホームズにせよ、常に最短距離を突っ走っていたのではない。ただし、次々に新事実が明らかになり、捜査が混乱したときでも、決して落胆することなく、むしろ新事実をつかんだ分だけ進展したと、前向きに考えることにしていた。まだまだ峰また峰の難所が続く先の長い道のりでも、終着点に向かって前進しているという手応えが感じられるのならば、焦燥に駆られることはなかったのである。

　ロンドンで暗躍する大物スパイのうち、地下鉄が地上を走る路線に隣接した家に住んでいるのはオバーシュタインだけだった。しかも、その場所で幹線列車を通過させるべく、地下鉄がしばしば停止していることが判明。ワトソンを連れてオバーシュタイン家に侵入したホームズは、新聞の三行広告を利用したオバーシュタインの通信方法を逆手に取り、設計書を盗み出したジェームズ卿の弟ウォルター大佐を逮捕した。かねてから大佐に疑念を抱いていたウエストは、その姿を認めるや、婚約者を置き去りにして大佐を尾行。列車でロンドンに向かい、ついにオバーシュタイン家にたどり着いた。彼を殴り殺したオバーシュタインは、設計書のうち最も重要な三枚を抜き取り、残りをウェストの服のポケットに押し込んで、遺体を停車中の地下鉄の屋根に乗せたのだ。さらにホームズはオバーシュタインを押さえて設計書を奪還し、事件は無事に解決した。

“Every fresh advance which we make only reveals a fresh ridge beyond.”

「前進しても、次の峰が立ちはだかっていることがわかるだけだ」
『ブルース・パティントンの設計書』

きみがいわれたとおりにしてくれれば、ぼくには一番助かるね。

ホームズが瀕死の重体となった。ハドソン夫人に請われて、ワトソンが駆けつけたところ、自分には近寄るなと警告した。なにか手助けしたいというワトソンに、「きみがいわれたとおりにしてくれれば、ぼくには一番助かるね」と、ホームズはいう。聞けばスマトラの熱病に感染したそうで、ワトソンがその道の専門家でないことを理由に、ホームズは彼の診察を拒んでしまった。

ホームズは探偵活動に限らず、病人と医者の関係になっても、すんなりとはワトソンの助言を容れないことがあった。かように横柄な振る舞いが許されるのも、二人の間に培われた信頼ゆえである。なんの見返りも求めず、私生活を犠牲にすることを厭わずに尽くしてくれる人が、どれだけいるかといえば、かなりあやしいものがある。ホームズの場合は、ワトソンただ一人。それで十分だった。世間的には誤解する向きも多かれど、作品中で決してワトソンはふざけた役立たずには描かれていない。

逆説的に考えれば、ろくに事情も説明せず、いわれたとおりにしろと求めてくる人は、それだけ相手を信頼しているともいえる。『はう男』(第九章)では、「用がなければすぐに来い、用があっても同じく来い」と、ホームズがワトソンに電報を打っているほどである。だから、ワトソンはホームズの言動に不満を感じても、自分の意向などまるで無視されていると、腹を立てたりはしなかった。手足となって、ひと働きするのも悪くはないと認識していたのである。もっとも、他人が自分に従うのは当然だとばかり、なんら感謝の気持ちを示さない人は、単に思い上がっているだけだ。このあたり、両者のちがいをワトソンはよく見きわめていたといえようか。

ホームズに請われてアマチュア細菌学者スミスを呼びにいったワトソンは、彼の指示どおり寝室に隠れて、スミスの来訪を待っていた。なにも知らないスミスは、ホームズに熱病菌を仕込んだびっくり箱を送ったのだと、得意気に犯行を自供しはじめた。結局のところ、ホームズは仮病で、ワトソンが自供の証人。外で待機していたモートン警部にスミスは逮捕された。彼は甥を熱病に感染させて殺したことをホームズに察知され、同じ方法によるホームズの殺害を計画。その勇み足を逆に奇貨としたおとり捜査だったのだ。

> "You will help best by doing what you are told."
>
> 「きみがいわれたとおりにしてくれれば、ぼくには一番助かるね」
>
> 『瀕死の探偵』

失敗するのは人の常だが、失敗を悟りて挽回できる者が偉大なのだ。

貴族の令嬢フランシスが旅行中に消息を絶った。彼女には十分なお金があり、国から国へと渡り歩いていた。失踪前にフランシスは、悪徳宗教家のシュレッシンガーと親しくなっていた。やがてロンドンでは、シュレッシンガーがフランシスの宝石を質入れしたことが判明。彼女は拉致され、監禁されたにちがいない。しかもシュレッシンガー家には棺が運び込まれたという。宝石類を奪われたフランシスが殺された可能性も否めない。非常事態を認めたホームズは、ワトソンと強行突破を試みることにした。

シュレッシンガー家に押し入ったホームズが棺を開けてみると、中には正規の手続きをすませた別の遺体が納められていた。虚しく引き上げるホームズだったが、翌朝にはすべてのからくりを見破り、葬儀の時間に遅れてはならぬと、再びワトソンとシュレッシンガー家に急行。二人が到着したとき、棺がまさに運び出されるところだった。棺の中では前日に見た遺体の上に、フランシスがクロロホルムで眠らされていた。犯人は逃がしてしまったが、フランシスは無事に救出。「失敗するのは人の常だが、失敗を悟りて挽回できる者が偉大なのだ」と、ホームズがワトソンに事件を総括した。

結局のところ、シュレッシンガーがフランシスを棺に入れて埋葬しようとしているという、ホームズの推理は正しかったことになる。ただ棺を調べるタイミングを誤っただけなのだ。しかし、ホームズは自分の推理が正しかったことに気がつかないという失敗を悟ったからこそ、もう一度、出棺直前にふたを開けて彼女を救出できたのである。

　これは失敗を挽回するよりも、失敗を悟ることの方が困難な場合もあるという好例だろうか。目に見える失敗は、すぐに気がついて早めに手を打てるので、挽回が容易である。むしろ慎重になりたいのは、目に見えない失敗だ。どうしても挽回策が後手に回り、ときには手遅れになってしまうからである。

"Such slips are common to all mortals, and the greatest is he who can recognize and repair them."

「失敗するのは人の常だが、失敗を悟りて挽回できる者が偉大なのだ」

『フランシス・カーファックス嬢の失踪』

生きた彼女に会えるのは絶望的だったが、可能性は皆無でもなかった。

シュレッシンガーの過去を知るホームズは、フランシスが行方不明となった時点で、すでに最悪の事態に陥ったことも想定していた。ただし、シュレッシンガーは大悪党といえども、まだ直接に手を下して人を殺したことがなかった。しかるに自分たちの犯罪を隠蔽するためには、フランシスを生かしておくことはできないはずだった。そこで彼女の死を見届けるのを避けるべく、生きたまま埋葬しようとすることに、一縷の望みをつないでいたと、ホームズがワトソンに語った。いわく、「生きた彼女に会えるのは絶望的だったが、結果が示すとおり、可能性は皆無でもなかった」である。

なかなか気のきいた英文なので採録した。日本語で「絶望」と「絶望的」が別物なのと同じく、英語の“despair”と“desperation”は、やはり別物である。この“desperation”は“desperate”の名詞形で「絶望的な状態」を指しており、一般的には日本語で「自暴自棄」や「死に物狂い」などと訳されることが多い。

ホームズのいわんとするところは、絶望的なチャンスでも、やはりチャンスはチャンス。原文を“A desperate chance was a chance whatever.”と要約してもよいだろう。『フランシス・カーファックス嬢の失踪』において、ホームズは棺の中の探索に一度目は失敗して恥をかき、再度のこと探索しても同様に失敗する可能性はきわめて高かった。しかし、二度目の探索を果敢に実行しなければ、生きたフランシスを救出できる可能性は皆無だった。

そもそも死者の尊厳という観点からして、棺の中はむやみに調べてはならないものである。調べるのに困難な場所を、わざと捜査員が調べて空振りするように仕向けたあとで、同じ場所に死体を隠すというトリックは、以後のこと、推理小説に多用されている。

パジェットが描いたドイルの肖像

"It was a desperate chance that we might find her alive, but it *was* a chance, as the result showed."

「生きた彼女に会えるのは絶望的だったが、結果が示すとおり、可能性は皆無でもなかった」

『フランシス・カーファックス嬢の失踪』

超常現象だと結論する前に、通常の現象だと説明できないか、調査しなければならない。

モーティマー・トリジェニスが実家でトランプを楽しんで帰宅した翌朝、彼の兄弟二人が発狂して妹ブレンダが死亡。三人とも恐怖の表情を浮かべていた。悪魔の仕業だとするモーティマーに、人間の行為でないのならば、自分にも手の打ちようがないと、ホームズがいう。そして、「超常現象だという説に依る前に、通常の現象だと説明できないか、調査を尽くさなければなりません」と、依頼を引き受けることにした。

ヨーロッパにおいて悪魔とは実に便利な存在だった。例えば中世や近世の頃、川が氾濫して水が引いたあとに赤痢やコレラが広まれば、悪魔の手先となった魔女の仕業だという噂を広め、魔女狩りをしてお茶を濁せば、取りあえず住民の不満はおさまった。治水対策を怠った領主や代官の責任はそっちのけだ。すなわち悪魔とは、人々が考えだした究極のスケープ・ゴートだった。

『悪魔の足』が発表された一九一〇年当時、ドイルは心霊学や降霊術の研究に傾倒していた。まだ世間には公表していなかったが、すでに心霊現象研究協会に籍を置いて十七年。幽霊が大好きなお国柄とあって、趣味や娯楽の延長として、心霊現象に興味を抱くのならば問題はない。前首相のバルフォアも、かつては心霊現象研究協会の会長を務めたほどだった。しかし、ドイルはあくまでもホームズを徹底した合理主義者に描くことで、奇妙なバランス感覚を保っていた。したがって、ここでは説明困難なことを悪魔のせいにしてはいけませんよと、ホームズがモーティマーに諭す趣旨だったと解釈してよいはずだ。

晩年にドイルは心霊主義の普及活動が原因で、教会からは非難され、世間からは狂人扱いされた。それでも、ホームズの人気は衰えなかったが、ドイルはホームズを心霊主義の伝導師にはしなかった。彼を広告塔に利用すれば、心霊主義に批判的な愛読者を裏切ることになる。作家としての矜持は最後まで捨てなかったのだ。

"Yet we must exhaust all natural explanations before we fall back upon such a theory as this."

「このような説（超常現象だという説）に依る前に、通常の現象だと説明できないか、調査を尽くさなければなりません」

『悪魔の足』

この事件は首を突っ込むように求められたものではなかった。

翌朝、モーティマーが恐怖の表情を浮かべて死んでいた。彼は火にくべると有毒ガスが発生する薬草の話を、遠縁にあたるスタンデール博士から聞いていた。そして、一家の財産を乗っ取らんがため、盗み出した薬草で兄弟たちを破滅させた。スタンデール博士はブレンダとの再婚を望んでいたが、妻との離婚が果たせず、何年も彼女を待たせていた。真相を悟った彼は、ブレンダと同じようにモーティマーを死なせ、恋人の仇を討ったのだ。博士の告白を聞いたホームズは、彼の罪を問わないことにした。「この事件は首を突っ込むように求められたものではなかった」と、ワトソンに同意を求めた。

そもそもモーティマーはラウンドヘイ牧師にホームズを紹介され、真犯人でありながら心ならずも依頼人になってしまった。警察も犯罪事件とは断定せず、ホームズに協力を求めようとはしなかった。その意味でホームズは誰にも責任を負っていないし、真相を公表しても得をする者はいない。まして妻となるべき女性を殺された復讐となれば、第三者が首を突っ込む問題ではなかった。放っておくのが一番だったのだ。

ドイルも結婚生活においては、いささか複雑な問題を抱えていた。彼は肺結核を患った妻ルイーザに献身的に尽くしていたが、数年後には十歳以上も若い美貌のジーン・レッキーに一目惚れしてしまう。まさか病身の妻を捨てることはできなかった。いわんや、結婚に関する手続きの不備もしくは不倫行為が認められない限り、離婚が不可能だった時代である。結局、ドイルは母メアリーやジーンの両親から実質的な了解を取り付け、彼が自由の身になるまで、ジーンを待たせることにした。彼はルイーザとの結婚生活が幸福なものであることを強調する一方で、ジーンの存在については、ひたすら口を閉ざしていた。しかし、往々にして沈黙の中にこそ、真実が込められているものである。ジーンとの出会いから九年してルイーザは他界。翌年にドイルは彼女と再婚した。余談ながらドイルはルイーザの死後、女性の権利を擁護する立場からではあったが、離婚要件の緩和を求める社会運動を展開し、離婚法改正同盟の会長に就任している。

"I think you must agree, Watson, that it is not a case in which we are called upon to interfere."

「きみも同意するにちがいないだろうがね、ワトソン、この事件は首を突っ込むように求められたものではなかった」

『悪魔の足』

明日になれば、ただの嫌な思い出にすぎなくなる。

第一次世界大戦前夜、ドイツは激しいスパイ戦をイギリスに仕かけていた。呑気な引退生活を楽しんでいたホームズは、政府の要請により現役の探偵に復帰。アイルランド系アメリカ人に扮してドイツに接近し、二年間に渡って二重スパイを演じていた。スパイの元締めのボルク卿を捕縛したとき、ホームズはヤギのようなあごひげを生やしていた。久しぶりに再会したワトソンに、ひげのことをからかわれたとき、「明日になれば、ただの嫌な思い出にすぎなくなる」と、ホームズはスパイとして過ごした日々を振り返った。

この『最後のあいさつ』は、第一次世界大戦中の一九一七年に発表された戦意高揚小説で、当時はホームズの最終話と位置づけられていた。ヤギひげそのものには意味がない。いかに二重スパイの生活が難儀なものだったのかを、ひげを引き合いにして述べただけである。このときのホームズは六十歳くらいだから、当時の平均寿命に照らして文句なしの老人だった。体を張った活劇も限界の年齢だ。かつて、なにゆえにホームズは軍務に就かないのかと、ある軍人に皮肉られ、ドイルが「彼は年をとりすぎていますから」と、その場を逃れたことがあった。そこでドイルは、ホームズをスパイとして軍務に駆り出すことにしたのである。『最後のあいさつ』の雑誌掲載時には、「シャーロック・ホームズの戦争における任務」という副題が付せられていたほどだった。

すでに現実世界では、ドイツによる無差別潜水艦攻撃やロンドン爆撃がはじまり、各国は総力戦に突入していた。アイルランドでは、ドイツの支援を期待した独立派の民衆約千人が、首都のダブリンで武装蜂起して、アイルランド共和国の樹立を宣言。この動乱は一週間で鎮圧されたものの、いよいよイギリスの内憂外患は深刻さを増していた。

文中の「嫌な思い出」とは、ホームズにとってはスパイ活動を指しているが、ドイルや読者にとっては、まさに第一次世界大戦そのものを意味していた。覚めない悪夢がないのと同じく、どんなに嫌なことがあっても、いつまでも続くものではない。終わればば戦争もただの思い出だ。いかなる辛苦に耐え忍ばざるをえないとしても、いずれ現実のことでなくなるのだから、困難な現実から逃避する必要もない。そのように考えれば気が楽になる。悩んでも解決できないならば悩むだけ損である。なにごとも思い詰めないことが望ましいと、ホームズは語りかけているようだ。

“To-morrow it will be but dreadful memory.”

「明日になれば、ただの嫌な思い出にすぎなくなる」

『最後のあいさつ』

時代は移りゆくとも、きみだけは少しも変わらない。

『最後のあいさつ』でホームズがワトソンと再会したのは、一九一四年の八月二日だった。オーストリア皇太子が暗殺されたサラエボの凶変から一ヶ月余。すでにドイツはロシアに宣戦し、ルクセンブルグに軍を進めていた。フランスとの開戦は避けられない。イギリスと条約を結んでいたベルギーへの侵攻も時間の問題だろう。ホームズはドイツの西部進撃を、冷たく激しい東風にたとえたが、ワトソンは軽く受け流してしまった。そんな彼をして「時代は移りゆくとも、きみだけは少しも変わらない」と評したホームズの言葉が、そのままワトソンへの遺言になっている。

ワトソンは愚かな人物ではなかった。国際情勢を鑑みるに、戦禍がヨーロッパ全土に拡大することを予想できないはずはない。また、長年のブランクがあってもすぐに開業医に復帰できたほどだから、休業中も最先端の医療を熱心に研究していたはずである。いつの間にか自動車も運転できるようになっていた。だから、「変わらない」と、ホームズが評したのは、ワトソンが時代遅れだという意味ではなく、彼の美徳のひとつである生来の楽観主義を指していると解釈してよいだろう。

大戦中、ドイルは古きよき時代のイギリス人として、昔かたぎの老兵ぶりを遺憾なく発揮した。

五十五歳の身にして軍隊に志願して断られ、市民百二十人から成る義勇軍を組織して解散を命じられた。それでもあきらめなかった彼は、ついに自警団的な歩兵隊結成の許可を勝ち取った。新式の救命具や救命ボートを軍艦に配備することを、政府に提案するのみならず、新聞紙上に発表して世論に訴えたため、軍の高官たちの一部からは厄介者扱いされている。さらには大戦におけるイギリスの立場を擁護する内容の文書を作成し、中立国のみならず、ドイツ軍の将兵にも読ませようと画策して断念した。大戦史を執筆すべく前線を視察したときには、ナイトの爵位を意識したのか、麗々しい軍服を着用し、行く先々で人々の注目の的になった。しかし、この大戦史は軍の検閲によって大幅な修正を余儀なくされた結果、世間からは愛国的な面ばかりが強調され、批判的な視点が抜け落ちていると酷評された。国家に奉仕せんとして、なにか空回りしてしまった観のあるドイルだったが、時代についてゆかれないのではなく、自らの流儀を守った上で、自分なりに時代についてゆけばそれでよいと、彼はワトソンにわが身を重ねていたのかもしれない。

“You are the one fixed point in a changing age.”

「時代は移りゆくとも、きみだけは少しも変わらない」

『最後のあいさつ』

嵐が去ったあと、照り輝く光の中、もっと美しくて素晴らしく、たくましくなった国がそこにはあるだろう。

ホームズはボルク卿にあまり敵意を示さず、彼はドイツに自分はイギリスにと、それぞれ祖国のために最善を尽くしたのだと、虜囚の身となった彼を慰めた。一方のワトソンにはイギリスの参戦をほのめかした上で、多くの人々が戦火に倒れることを予言した。ボルク卿はやがて壊滅的な敗戦国となるドイツの国民、そしてワトソンは傷ついた戦勝国となるイギリスの国民を象徴した存在だ。戦争が終われば、ドイルが愛好したラグビーの「ノー・サイド」である。現実世界で戦争が泥沼化していても、「嵐が去ったあと、照り輝く光の中、もっと美しくて素晴らしく、たくましくなった国がそこにはあるだろう」と、ワトソンに語ったとおり、ホームズの目は戦後の未来に向かっていた。

全読者にあてたホームズからの遺言である。美しい国とは子孫が誇りを持てる国、素晴らしい国とは平和で豊かで文化水準の高い国、たくましい国とは容易なことではへこたれない力強さをたくわえた国を意味しているのだろうか。ホームズからの遺言は、自らを含めて多くの人々が犠牲になったとしても、広い意味での子孫に立派な国を残せるのならば、決して無駄死にではないという趣旨にちがいない。むしろ、この世に人として生まれ出でたからには、子孫に立派な国を残せるように、生きているうちになにかをすべきだと、呼びかけているといえる。

　このときまでにドイルの周囲では、義弟のマルコムとレスリー、甥のオスカーとアレックが戦場に消えていた。翌年には二十五歳の長男キングズリー、さらに四ケ月後には四十五歳の弟イネスも倒れる運命にあった。出征した親族の中で無事に帰還できた者は、視察目的で前線に赴いたドイル本人、ただ一人だった。終戦時、ドイルは五十九歳になっていた。彼らの中で最年長だった。

ドイルの自筆署名

"But it's God's own wind none the less, and a cleaner, better, stronger land will lie in the sunshine when the storm has cleared."

「それでもやはり神が自ら吹かせる風なんだ。そして嵐が去ったあと、照り輝く光の中、もっと美しくて素晴らしく、たくましくなった国がそこにはあるだろう」
注）文中の "it's" の "it" は、ドイツの西部進撃をたとえた「東風（an east wind）」を指す。

『最後のあいさつ』

ワトソンと知り合う前の事件『マスグレーブ家の儀式』（九二頁）で捜査する若き日のホームズ（左）。

第九章
『シャーロック・ホームズの事件簿』
The Case-Book of Sherlock Holmes

（1927年刊、短編集、収録作品の年号はストランド誌への掲載年）

『高名な依頼人』 The Adventure of the Illustrious Client（1925年）
将軍の令嬢がマインド・コントロールにかけられた事件。

『白面の兵士』 The Adventure of the Blanched Soldier（1926年）
戦友が実家に軟禁されていた事件。

『マザリンの宝石』 The Adventure of the Mazarin Stone（1921年）
王冠を飾るダイアモンドが盗まれた事件。

『三破風館』 The Adventure of the Three Gables（1926年）
すべての家財道具を含めて屋敷を買いたいと、不動産屋が申し入れてきた事件。

『サセックスの吸血鬼』 The Adventure of the Sussex Vampire（1924年）
母親が生まれたばかりの愛児の血を吸った事件。

『三人のガリデブ』 The Adventure of the Three Garridebs（1925年）
ガリデブ姓の男が三人揃えば億万長者になれるという事件。

『ソア橋』 The Problem of Thor Bridge（1922年）
金山王の妻が住み込みの家庭教師に射殺された事件。

『はう男』 The Adventure of the Creeping Man（1923年）
若い娘との再婚を控えた老教授が、四つ足で歩くなどの奇行に走った事件。

『ライオンのたてがみ』 The Adventure of the Lion's Mane（1926年）
学校の教師が全身をみみず腫れにして死亡した事件。

『ベールの下宿人』 The Adventure of the Veiled Lodger（1927年）
傷ついた顔の女性がホームズを呼び出した事件。他の訳題に『覆面の下宿人』。

『ショスコム荘』 The Adventure of Shoscombe Old Place（1927年）
破産寸前の馬主が夜中に先祖の納骨堂に出入りした事件。

『引退した絵具屋』 The Adventure of the Retired Colourman（1927年）
愛人と結託した妻が夫の財産を持ち逃げした事件。

ある種の愛想のよさは、粗野な者たちの暴力よりも危ういものだ。

大悪党のグルーナー男爵は、ド・メルビル将軍の娘バイオレットを、マインド・コントロールにかけ、翌月には婚約するところにまでこぎつけた。高名な依頼人の代理でホームズを訪ねたジェームズ卿は、バイオレットを説得するように依頼。まずは男爵と会見してきたホームズが、物腰柔らかでコブラのようだ毒のある人物だと、その人となりをワトソンに語った。いわく、「ある種の人々の愛想のよさは、粗野な者たちの暴力よりも危ういものだ」である。この件から手を引かないと、危難に遭うと男爵に忠告されたという。

男爵はどこまでも穏やかだった。そして、貴族らしい上品なものいいを崩さなかった。弱い札ばかりで勝負しようとしていると、ホームズを笑う余裕さえもあった。しかし、その一方で、ホームズへの報復をほのめかしたりもした。彼は口にした以上のことを実行する人物だということを、ホームズは知っていた。

怒りを抑えることと、怒りを隠すことは、根本的に別物である。グルーナー男爵が愛想よく応対したのは、ホームズが婚約を阻止しようとしていることに対する怒りを抑えたからではなく、怒りを隠していたからにすぎなかった。むやみと感情を表に出さないのは、当時の貴族階級の嗜みで、表情を読まれないように、光線には背を向けるのが望ましいとされていたほどだ。『新唐書』の「姦臣伝」にいう「笑中刀」といったところだろうか。笑顔の中に敵意を秘めた者は、あからさまに敵意を示す者よりも、それを察知しにくい分だけ恐ろしい。腹を立てたときに笑っている者は、人物ができているのではなく、警戒されないように努めている場合もあるということだ。果たしてバイオレットの説得を試みた二日後、ホームズは二人組の暴漢に不意を突かれて重症を負ってしまう。むしろ、男爵は即座に報復する用意があったからこそ、愛想よく振る舞うことができたといえようか。

ホームズは男爵を欺くため、瀕死だとの噂をワトソンに流布させた。古美術収集家を装ったワトソンが、男爵と用談している間に屋敷に忍び込み、彼の女性遍歴が書かれた日記を盗み出すことに成功。これを読んだバイオレットは、マインド・コントロールが解け、男爵に抱いていた愛情が冷めてしまった。

> “Some people’s affability is more deadly than the violence of coarser souls.”
>
> 「ある種の人々の愛想のよさは、粗野な者たちの暴力よりも危ういものだ」
>
> 『高名な依頼人』

可能性がないものをすべて除外したら、いかに可能性がなさそうでも、残ったものが真実だ。

ドッドがボーア戦争時の戦友ゴドフリーを訪ねたところ、彼は世界旅行中で不在だと、父親のエムズワース大佐にあしらわれたが、実際は離れ屋に軟禁されていた。調査を依頼されたホームズは、ゴドフリーについて犯罪と発狂とハンセン氏病の可能性を検討した末に、ハンセン氏病だと結論。エムズワース家に乗り込み、「この方法論は、可能性がないものをすべて除外したら、いかに可能性がなさそうでも、残ったものが真実だという仮定からはじまっています」と、一同に推理の手法を披露した。同行した皮膚科の権威ジェームズ卿は、ゴドフリーをストレス性の皮膚疾患だと診断。大佐一家は喜びに包まれた。

あまりにも有名なホームズの消去法なので、省略なしで全文を採録した。他にも『四人の署名』（第二章）と『緑柱石の宝冠』（第三章）と『ブルース・パティントンの設計書』（第八章）で、同じことを述べているが、この『白面の兵士』における表現が、最もよく整理されている。まずはあらゆる可能性を探り、それらを検討した上で、可能性がないものをひとつずつ消去する。もしも、すべてが消去されてしまったら、なにかの可能性を見落としていたことになるので、再びあらゆる可能性を探ってみるという手順である。

この過程において、先入観や経験則は禁物だ。経験則を生かすのは、すべての可能性を探り終え、可能性がないものを消去する段階になってからでよい。ところが、経験が豊富な人ほど、自らの経験則に自信を持っており、あらゆる可能性を探ろうとはしない。ホームズの結論は、犯罪と発狂とハンセン氏病の中で、一般的には最も可能性が低そうなものだった。しかし、犯罪と発狂の可能性が消去されたら、いかに可能性がなさそうでも、残ったものを真実としなければならなかった。

ボーア戦争の英軍

"That process," said I, "starts upon the supposition that when you have eliminated all which is impossible, then whatever remains, however improbable, must be the truth."

「この方法論は」と、私はいった。「可能性がないものをすべて除外したら、いかに可能性がなさそうでも、残ったものが真実だという仮定からはじまっています」
注）『白面の兵士』はホームズによる一人称小説であるため、文中の"I（私）"は、ホームズを指す。

『白面の兵士』

理性的になれば取引もできるだろう。

王冠を飾るダイアモンドが盗まれた。ダイアモンドの分割を断った加工業者の通報により、シルビアス伯爵の犯行だと判明したが、彼を逮捕してもダイアモンドが戻らなければ意味がない。そこでホームズはまず伯爵の身辺を探ることにした。そして、業を煮やした伯爵が下宿を訪問。「あなたが理性的になろうとするならば、取引もできるでしょう」と、ダイアモンドと引き換えに、彼の犯行を見逃すことをもちかけたホームズは、五分の猶予を与えて室外に退去した。伯爵が油断して隠しポケットからダイアモンドを出したところ、室内に置かれた蠟人形と入れ代わっていたホームズに奪われた。

取引とはギブ・アンド・テイクだから成立する。ホームズにとっての最善は、ダイアモンドを取り返してシルビアス伯爵を逮捕すること。そして、伯爵にとっての最善は、ダイアモンドを持ったまま高飛びすることである。双方が自分にとっての最善を目指したら交渉は決裂する。そこでホームズはダイアモンドを優先して、伯爵に身の自由を約束しようとした。

要求事項を並べるのはタダである。だから、どうせ撤回するつもりで無理な要求を連発したあとで、いかにもぎりぎりまで譲歩したかのように見せかける交渉術もある。交渉に先立って、相手方からの要求をある程度は想定し、どこまで譲歩できるかを決めた上で、双方が満足できずとも妥協できる落としどころを模索するのが、大人の駆け引きというものだ。しかし、理性的でない人は、妥協ではなく満足を求めようとする。シルビアス伯爵はダイアモンドがリバプールにあると、ホームズをだますことで時間を稼ぎ、一味のセダーにダイアモンドを託して、オランダに運ばせようとした。取引する気がないのか、取引というものを知らないのか、もはやホームズは伯爵を相手にしないことにして、ダイアモンドを回収したあと、彼を警察に逮捕させている。

余談ながら、『マザリンの宝石』には、下宿で給仕を勤めるビリーという少年が登場する。一八九九年にアメリカ俳優のウィリアム・ジレットが、ホームズをはじめて舞台劇化したときに命名して以来、給仕の名はビリーとなっている。端役なれど、少年だったチャールズ・チャップリンが、ジレットの舞台劇でビリーを演じたこともある。

> "Now, Count, if you will be reasonable we can do business."
>
> 「さあ、伯爵、あなたが理性的になろうとするならば、取引もできるでしょう」
>
> 『マザリンの宝石』

あなたの聡明さを過少評価していたようです。

三破風館に住むメーバリー夫人を訪ねた不動産屋は、すべての家財道具を含めて、屋敷を買いたいと申し出た。彼女からの手紙がホームズに届くと、今度はストックデールというやくざ者の手下が、ホームズを脅しにやってきた。さらには三破風館に夜盗が侵入し、彼女の息子ダグラスの遺品を持ち去ったという。

事件の黒幕は絶世の美女で、イザドラ・クラインという億万長者の未亡人。ローモンド公爵との再婚を控えていた彼女は、ダグラスと恋愛ごっこを楽しんでから、一文なしの平民だといって、彼をぽい捨てした。そこでダグラスは復讐のために、彼女の正体をあばく私小説を書き上げて脅したが、原稿を出版社に送る前に病死。イザドラは三破風館にあるはずの原稿を取り戻そうとしていたのだ。イザドラに面会したホームズは、しらばっくれようとする彼女に、「あなたの聡明さを過少評価していたようです」と詰め寄った。

もちろん、これはホームズ流の皮肉。ホームズは条件次第で彼女を見逃すべく、警察には寄らずに訪ねてきたのに、その意を酌めないほど愚かならば、かばうことはできないということを、上流階級式の婉曲的な表現で通告した。このあたりは、紳士と淑女の会話だといえる。誰にでも体面がある。ましてイザドラは社交界の女王だった。相手の体面を傷つけてはならず、かつ、いうべきことはいわねばならないときにこそ、婉曲的な表現が役に立つ。もっとも、この婉曲的な表現も万能ではない。『三破風館』の冒頭で、やくざ者の手下がすごんだとき、ホームズは下卑たものいいで応酬した。紳士には紳士の作法があるように、紳士でない者には紳士でない者の作法があることを、彼は承知していたのだ。警察に行くと脅されたイザドラは、態度を軟化させて一切を告白。ホームズに促されるまま、メーバリー夫人に弔慰金を出すことにした。

イザドラは絶世の美女で億万長者だったが、倫理観が欠如していた。ドイルが描いたにしては、めずらしい人物である。彼はすべての女性を美人だと息子キングズリーに説教するような賛美主義者でありながら、婦人参政権には反対した。イザドラならば多額の納税をしていただろうし、再婚すればイギリス国籍も取得できる。改正選挙法は、かように問題のある女性にも選挙権を付与したのだと、ドイルのぼやきが聞こえてくるようだ。

> “Yes, I have underrated your intelligence.”
>
> 「そのとおりですな、あなたの聡明さを過少評価していたようです」
>
> 『三破風館』

きみを知り尽くすことはできないね。

機械類を査定する会社から、ホームズに手紙が届いた。なんでも吸血鬼に関する問い合わせが寄せられたそうで、同社には専門外のことだから、ホームズを訪ねて相談するように勧めたという。それはホームズにとっても同じこと。彼の探偵事務所はどっしりと地に足が着いており、化け物などにかまっていられないと、ワトソンにこぼした。

吸血鬼のことで相談したがっていたファーガソンは、ワトソンの知人だった。ともにラグビー・チームに所属していたときに面識を得たという。あまり運動が得意でないワトソンがラグビーをしていたとは、ホームズもはじめて聞く話だった。まだまだ隠れた一面があるのかもしれない。「きみを知り尽くすことはできないね」と、感心してみせた。

「人は見かけによらぬもの」という格言は、主に悪い意味に用いられるが、ホームズは未知なる可能性の広がりについて述べているから、よい方の意味に解釈できる。長年に渡って一緒に暮らしていながら、ワトソンの観察が不十分だったと、めずらしくもホームズが自分の至らなさを認めている。

家族にしたって事情は同じこと。ドイルは若い時分より、せっせと母メアリーに手紙を書き、身辺に起きたできごとを逐一報告していた。おそらく彼女は、息子のことを知り尽くしていたつもりだっただろう。そもそも自分のことを知り尽くしている人がいたら、それが両親であっても気味が悪い。親の過剰な干渉に子供が反発する理由がここにある。そのメアリーが亡くなり、ようやくドイルは六十一歳にして、精神的に自立した。彼を知り尽くした者がいなくなったのだ。

また、『サセックスの吸血鬼』では『悪魔の足』（第八章）と同様、ホームズは吸血鬼や悪魔の存在を否定する合理主義者に描かれている。しかし、すでにドイルは、二人の少女が撮影した写真により、生命体としての妖精が実在すると信じ込んでいた。鑑定を依頼されたコダック社は、ネガに細工がないことを認めつつも、トリック写真である可能性を示唆した。それにもかかわらず、少女がうそをつくはずはないと、ドイルは信じた。いかに世間から嘲笑され、愛想を尽かした心霊主義の同志が去ろうとも、彼は自説を撤回しなかった。妖精写真の真相が公表されたのは、ドイルが他界してから、五十二年後のことだった。

“I never get your limits, Watson,” said he.

「きみを知り尽くすことはできないね、ワトソン」と、彼はいった。

『サセックスの吸血鬼』

それはゆがんだ愛、極端に偏執的な愛なのだ。

ファーガソンの後妻はペルー人だった。彼女は先妻の息子で、背中に障害のあるジャックをステッキで打ちすえたばかりか、生まれたばかりの自分の赤ん坊の首にかみついて血を吸った。なにひとつ夫には釈明せず、自室に閉じこもったままになっているという。

ファーガソンはジャックを溺愛し、ジャックは父親や亡母に、偏執的な愛情を寄せていた。その感情は健康な赤ん坊に対する激しい憎悪となり、広間に飾ってあった毒矢で赤ん坊の首を刺したのだ。夫人は毒を吸い出してわが子を救ったが、ファーガソンの心中を思いやるに、ジャックの所業を話すことはできなかった。ホームズは「それは、あなたと、おそらくは亡くなった母親に寄せるゆがんだ愛、極端に偏執的な愛なのです」と、ジャックが弟に危害を加えた動機を分析し、ファーガソンによる溺愛も、家庭内に不幸を招く一因になっていたことを指摘した上で、彼を一年ほど船旅に出すのがよいと勧めた。

父チャールズが他界して三十年、母メアリーが他界して三年もすれば、さすがにドイルも親子の関係を見つめ直すことができるようになった。『サセックスの吸血鬼』で、ドイルの心は、大人になったら裕福になって、メアリーにビロードの服と金縁の眼鏡を買ってあげたいと願った、あの幼き日にとんでいるようである。粗暴な父を憎んだが、その彼もドイルが結婚する直前、息子の結婚式に参列したかったのか、療養所を脱走しようとして精神病院に移された。『緋色の研究』（第一章）が初めて単行本化されるとき、少しでも社会に参加する機会を提供したかったらしく、ドイルはチャールズに挿絵を依頼した。温和な母を愛したが、その彼女は経済的な事情により、家族を捨てて不倫に走った。メアリーに約束したビロードの服と金縁の眼鏡は間に合わなかったのだ。やがてドイルが功なり名を遂げたとき、メアリーは彼を溺愛し、支配下に置こうとした。そして、ドイルは果たせなかった約束の品々を償うかのように盲従した。その一方、『緑柱石の宝冠』（第三章）や『ボール箱』（第八章）の中で、メアリーの裏切りを告発した。父を憎んで憎みきれず、母を愛して愛し尽くせなかった。もしも愛憎が表裏一体のものならば、まさにゆがんだ愛、極端に偏執的な愛だったのかもしれない。

“it is a distorted love, a maniacal exaggerated love for you, and possibly for his dead mother,”

「それは、あなたと、おそらくは亡くなった母親に寄せるゆがんだ愛、極端に偏執的な愛なのです」

『サセックスの吸血鬼』

正面から猪突猛進するのが、最善の策ということもある。

ネーサン・ガリデブ老人が同姓の男性を捜すようにホームズに依頼。ジョン・ガリデブというアメリカ人の弁護士が、抗議のためにホームズを訪れた。ガリデブ姓の男性が三人揃えば、アメリカの億万長者に遺産が分割相続できるという。しかし、ロンドンに到着して間もないとか、新聞にたずね人の広告を掲載したとか、彼の話はでたらめばかり。ホームズは「正面から猪突猛進するのが、最善の策ということもある」からして、なにゆえに嘘を並べるのか、危うく訊きそうになったと、ワトソンに語った。

正面から猪突猛進するのは、当たって砕けろ式の戦法。上首尾に終われば戦果は絶大なれども、期待外れの結果に終わったときには挽回に苦労する。だから、強行策が常に最善だとは限らない。正面攻撃を回避することも検討した上で、最善の策として正面攻撃を選択するのと、正面攻撃しか知らないがために、唯一の策として正面攻撃を選択するのとでは、事情が異なる。策は同じでも、最善の策と唯一の策は同一ではない。

結局、ホームズは、だまされたふりをするのがよいと判断し、猪突猛進を回避。取り敢えず、その場はジョン弁護士に話を合わせることにした。彼の正体は、紙幣偽造犯のプレスコットを射殺したエバンズだった。彼はプレスコットの部屋に残された偽札を狙っていたが、新たに引っ越してきたネーサン老人は、収集品の整理に夢中でさっぱり外出しない。そこで遺産相続話をでっち上げたエバンズは、三人目のガリデブが見つかったので会いに行けと、彼を自宅から追い払うことに成功。留守宅に侵入したところを、待ち伏せしていたホームズとワトソンに捕らえられた。

ホームズとしては、三人のガリデブ話が単なる悪戯とは思えない。なにか動機があるにちがいないと考えた。むやみに警戒されない方が得だという観点に立てば、だまされやすい愚か者と侮られて不都合はない。要は現実にだまされなければよいだけのこと。なにも抜け目のない人物だと思われる必要はない。逆に一番つまらないのは、疑り深くてだまされやすい人。だまされないと自信を持っている人ほど、虚を突かれたときにはだまされやすいという。ドイルも妖精写真のほか、いんちき霊媒師にさんざんだまされた。彼なりに検証を加えたのに、あっさりとだまされたのだ。

> “there are times when a brutal frontal attack is the best policy”
>
> 「正面から猪突猛進するのが、最善の策ということもある」
>
> 『三人のガリデブ』

整合性が欠けていれば、なんらかの欺瞞を疑わねばならない。

金山王ギブソンの妻マリアが、自宅の池にかかったソア橋のたもとで撃ち殺された。彼女は住み込みの家庭教師グレース・ダンバーが書いた呼出し状を握っていた。グレースの部屋の衣装だんすから、犯行に用いられた拳銃が発見され、しかも弾が一発だけなくなっていた。逮捕されたグレースは犯行を否認。彼女の冤罪を晴らすべく、ギブソンがホームズに調査を依頼した。ホームズが事件に関する新聞記事を読むに、グレースが殺人犯であることは明白で、検視陪審員も同意見だった。彼女が若くて美しかったことから、センセーショナルに報道されたが、容疑者の外観が証拠の明白さを打ち消すものではなく、新事実を発見することはできても、事実そのものは変えることはできない。予期せぬ新事実が出てこない限り、依頼人の要望には応えられないと、ホームズがワトソンに補足した。

ギブソンが好意を寄せるグレースに、マリアは激しく嫉妬していたという。二人の間にいさかいがあったとしても不思議はない。呼出し状を書き、出向いてきたマリアを撃ち殺すまで、犯行は完璧なものだった。ワトソンは自室の衣装だんすから拳銃が出てきたことを根拠に、グレース犯行説を支持。しかし、殺人現場に近い葦の繁った池に凶器の拳銃を捨てず、わざわざ発見されやすいところに隠したのは、彼女の計画性からして、あまりにお粗末で合点がゆかない。「整合性を求めなければならないね。それが欠けていれば、なんらかの欺瞞を疑わねばならない」と、ホームズがワトソンに疑問を呈した。

人の言動には整合性があるはずだという考え方。したがって、そこそこに知的水準が高く、合理性を重んじる者が対象となる。そのような人が常ならぬ言動に走ったという話を耳にしても、それが一時的な感情のもつれだとは思えないとき、話そのものを疑った方がよい。ことの真偽を確かめれば、誹謗中傷だったということもあるだろう。

一方、自分自身をすべてにおいて優先すべく、他人を犠牲にしてもかまわないという者は、目的を果たそうという動機は首尾一貫しても、その場その場のご都合主義に陥ってしまう。だから、かような面々には全体の言動に整合性が期待できないので、ホームズの見解が意味をなさないのだ。

"We must look for consistency. Where there is a want of it we must suspect deception."

「整合性を求めなければならないね。それが欠けていれば、なんらかの欺瞞を疑わねばならない」

『ソア橋』

あなたが事実を見つければ、他の者が説明できるでしょう。

ギブソンはグレースを愛人にしようとして断られていた。彼女にはギブソンをマリアと争う意図はなかったのだ。ホームズとワトソンは拘置所でグレースに面会。彼女は殺人の容疑をかけられたことが信じられず、待ってさえいれば、すべては自ずと明らかになると思い、ギブソンとのことを法廷では話さなかったという。ホームズは「あなたがたいした危難に陥っていないとだましたら、それこそ残酷な嘘になる」と、現状がきわめて不利であることを告げた。しかし、グレースには事件当夜のことを話そうにも、証明はおろか、説明する方法さえも思いつかなかった。そこでホームズが「あなたが事実を見つければ、他の者が説明できるでしょう」と、彼女を励ました。

なにごともまずは自力で解決しようとする心意気も結構だが、自力では解決できない問題があることを知るのも重要だ。そのために、その道の先達や専門家という者がいる。この場合、グレースが冤罪ならば、探偵たるホームズが冤罪を晴らす証拠を捜す専門家だということになる。

かぜをひいて、最初はこのくらいと思っていても、自分の手に負えないほどに症状が悪化したら、誰でも医者の治療を受けようとするだろう。別に自力でかぜを直すことができなかったからといって、不甲斐ないと思う人はいないはずだ。すべては、かぜの治療と同じこと。問題を自分一人では抱え込まないことである。極端な例を挙げれば、自殺するに至った原因を分析すると、一切合切を一人で背負い込んだ結果、無力感や絶望感に打ちひしがれて、生きるのが嫌になったというのが大半だ。困ったときに他人の力を借りることを、自助努力の欠如による他力本願と同一視すべきではない。

グレースによれば、マリアから夕食後に橋のたもとで会いたいと申し入れがあり、彼女の要望どおりに承諾の手紙を書いた。それをマリアが握っていたため、皆にグレースからの呼出し状だと誤解されてしまった。そして約束の場所に行くと、待っていたマリアに狂ったように罵られ、一目散に逃げ出したのだという。話を聞き終えたホームズは、緊張にみなぎり、どこか遠くを見るような表情を示した。これは彼がなにかをつかんだ兆候だと、ワトソンは知っていた。「来たまえ、ワトソン、来たまえよ」である。

“If you will find the facts, perhaps others may find the explanation.”

「あなたが事実を見つければ、他の者が説明できるでしょう」

『ソア橋』

あとから知恵者になるのは簡単だ。

グレースが無実であるという前提に立ったホームズは、マリアの殺害容疑をなすりつけようとした真犯人が、彼女の部屋の衣装だんすに凶器を隠したことを考えてみたが、確証は得られなかった。一方、ソア橋の欄干に見つけた真新しい傷跡がどうも引っかかる。ホームズはワトソンの拳銃を用いて実験してみることにした。

当初、ホームズはグレースが殺人犯であることも視野に入れていた。そして現場検証をしたときに、橋の欄干についた傷跡にも気がついていた。実はこれこそが彼女の無実を証明する唯一の手がかりだったのに、もしもグレースが犯人でないならば、他に真犯人がいるという可能性を模索して、橋の欄干の傷跡を重視しなかったのだ。

マリアは自殺だった。嫉妬に狂った彼女は、拳銃に重りを結んだ紐を橋の欄干にかけてから、自分の頭を撃ち抜いたのだ。自殺したあと、彼女の手を離れた拳銃は重りに引っ張られ、欄干に激突して傷をつけてから池に沈んだ。マリアはあらかじめ同じ型の拳銃をグレースの部屋の衣装だんすに隠し、グレースに書かせた手紙を呼出し状に見せかけることで殺人を偽装。なぜ、最初に池をさらわなかったのかと新聞が書くだろうが、あてもなく拳銃を捜すのは一苦労だったはず。「ものごとが終わったあとで知恵者になるのは簡単だ」と、事件を総括したホームズがワトソンに語った。

　ホームズ流に表現したコロンブスの卵である。実話かどうかはさておき、アメリカ大陸を発見するのは誰にでもできると揶揄されたコロンブスが、殻を割ったりゆで卵を立ててみせた。一同がコロンブスに感心したとも、あざ笑ったともいわれている。自分でなにかをするよりも、他人のしたことを論評する方が簡単なのだ。

　どこにも評論家と呼ばれる者がいる。ものごとが成功または失敗した理由を、客観的に鮮やかに解説する。話を聞いていると、いかにも知恵者のように感じられるが、客観的に解説できるのは、その人が当事者ではなかったから。あとになれば、なんとでもいえる。評論家そのものは必要な存在だが、あまり得意気にはならない方がよさそうだ。

　ドイルも評論家にはだいぶ泣かされてきた。その筆頭格は例のバーナード・ショーだった。彼の評論は辛辣にして隙がない。反論しようものならば、さらに辛辣なお返しが待っていた。ドイルのいわく、「無情な菜食主義者」である。

“it is easy to be wise after the event”

「ものごとが終わったあとで知恵者になるのは簡単だ」

『ソア橋』

自然に打ち勝とうとすれば、往々にして自然に打ち負かされるものだ。

高名なプレスベリー老教授が、若いアリス・モーフィーと再婚することになった。近頃、体力気力ともに充実し、すこぶる調子がよい。ところが、廊下を四つ足で歩いたり、蔓をよじ登って、三階にある娘エディスの部屋をのぞいたりと、奇行に走るようになってしまった。すべては回春剤の副作用。一種の先祖帰りとでもいうべき症状を引き起こしたのだ。「自然に打ち勝とうとすれば、往々にして自然に打ち負かされるものなのです」と、真相を解明したホームズが、関係者一同に事件を総括した。

回春剤を販売したローエンシュタインには、警告を発することにした。しかし、同様の事件は今後も再発するだろうし、もっと完成された回春剤が製造されるかもしれない。物質欲と性欲に満ちた者が、いたずらに無益な人生を延長させようとするならば、人類の危機であり、この世は汚水溜めになってしまうと、ホームズは懸念した。

『はう男』におけるホームズの推定年齢は四十九歳。探偵を引退する数ヶ月前の事件だが、まだホームズに肉体的な老いを感じさせるものは見られない。一方のドイルは作品の発表時に六十三歳になっていた。当時の平均寿命に照らせば、結構な年齢である。翌年には自叙伝の『わが思い出と冒険』を刊行しているほどだから、そろそろ死というものを意識しはじめていたかもしれない。だが、ドイルも講演活動を続けるべく、健康には留意していたが、不老とか不死には興味を示さなかった。むしろ、老いて死ぬのが自然な姿なのだから、若くありたいという思いが高じて若返りを願うなど、不自然で愚かしいことだと考えていた。作品中でプレスベリー教授は六十一歳である。しかし、ドイルは同年輩のプレスベリーではなく、ホームズと同じ視点で、不自然な願望を批判している。

このあたりには、心霊主義の影響もうかがわれる。心霊主義者だから死を恐れない。死を恐れないから老いにも悩まない。心霊主義の是非はさておき、自然の摂理に従うことを心がけて生きれば、老と死に悩まされなくなるものであるらしい。

"When one tries to rise above Nature one is liable to fall below it."

「自然に打ち勝とうとすれば、往々にして自然に打ち負かされるものなのです」

『はう男』

捜していた大事なものが、そこにあるとわかっているのに、手を伸ばしても届かない。

理科教師のマクファーソンが、海水浴場で「ライオンのたてがみ」といい残して息絶えた。彼の背中には、細い鞭で打ったようなみみず腫れがいくつも残っていた。容疑者と目された恋敵のマードックには完璧なアリバイがあり、「捜していた大事なものが、すべてそこにあるとわかっているのに、手を伸ばしても決して届くことはない」と、ホームズはもどかしいものをつのらせていた。この事件は海水浴場に打ち寄せられた毒クラゲの仕業と判明。ホームズたちは石でクラゲを押しつぶして退治した。

一九二六年の十月から読み切り連載がはじまった、ホームズの最終シリーズは、一般に推理小説として駄作揃いとされている。心霊主義の普及活動に要する資金を工面すべく、既存の単行本の売り上げを増やすため、これといった構想も練らずに新作を書いたとか、どこかの無名作家に執筆を丸投げしたとか、陰口をたたかれたほどである。しかし、それでも一連の作品は、ホームズの名言に救われている。原文を一部省略したが、全文を翻訳すれば、「悪い夢の中で、捜していた大事なものが、すべてそこにあるとわかっているのに、手を伸ばしても決して届くことはない。それがどのような気分であるかは、諸君もよくご存じだろう」となる。この頃、ドイルはあれほどまでに打ち込んできた作家活動をほぼ断念した。

あとはただ手を伸ばしても、この世では得られないものを、求めようとしていたのかもしれない。
ここに登場した初老のホームズは、すでに探偵を引退してベーカー街の下宿を去り、サセックスに閑居したという設定になっている。もはや捜査が難航しても、あの意地っ張りで負けず嫌いのホームズではない。むしろ、どこか諦観した風がある。満たされないのは誰もが同じなのだから、わが身の不遇を嘆いたり、恨んだりすることはないのだと、読者に語りかけているようである。

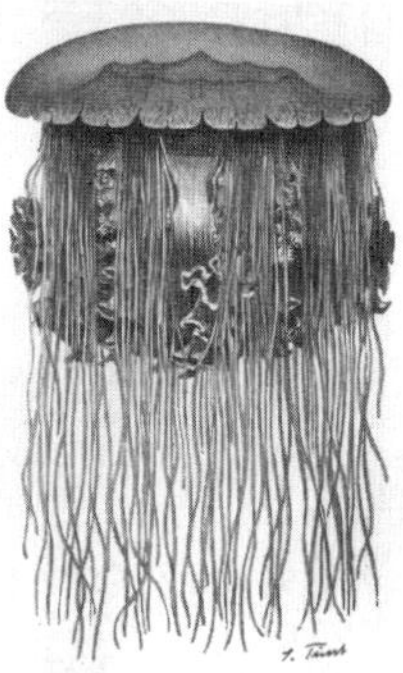
ライオンのたてがみと呼ばれる毒クラゲ

"there is some all-important thing for which you search and which you know there, though it remains forever just beyond your reach"

「捜していた大事なものが、すべてそこにあるとわかっているのに、手を伸ばしても決して届くことはない」

『ライオンのたてがみ』

もしも不幸に埋め合わせがないのならば、この世はあまりに残酷な茶番劇だ。

メリロー夫人の家に下宿しているユージニア・ロンダーは、いつもベールで顔を覆い、七年間も外出することなくひっそりと暮らしていた。最近は健康がすぐれず、夜中になると人殺しとか、けだものと叫ぶようになった。彼女は死ぬ前に告白したいことがあるとホームズを指名。なにか警察には隠していた秘密があるらしい。ホームズはワトソンを連れて面会することにした。

美貌のユージニアはサーカス団に養われて育ち、やがて団長のロンダーと結婚したが、夫に虐待される日々だった。彼女と親しくなった団員のレオナルドと共謀し、サーカスで飼っていたライオンの仕業に見せかけてロンダーを殺害。しかし、犯行後、血のにおいに荒れ狂ったライオンを前にレオナルドは逃げ出し、一人残されたユージニアは顔の肉を食われてしまったという。彼女の身の上話を聞いたホームズが、「もしも不幸に埋め合わせがないのならば、この世はあまりに残酷な茶番劇だ」と慨嘆した。

もしも原文が仮定法ならば、不幸には埋め合わせがあってしかるべきことになる。ユージニアに面会したとき、事情によっては警察に報告しなければならない場合があることを承知させるために、ホームズは「私は責任感のある者です」と前置きした。それゆえに、無責任な気休めを口にすることはできなかった。そこで仮定法を用いずに、敢えて不幸に埋め合わせがあるのかどうかは、断言しなかったのだと思われる。

だが、私たちは知っている。ドイルは実家が家庭崩壊した。一家が離散同然となった時期もある。両親との精神的な葛藤もあった。誇張があるのではないかと思われるような貧困も経験した。あまり報われない投稿生活が十年も続いた。作家として成功したときに、妻ルイーザは不治の病に冒されていた。後妻となるジーンを十年も待たせた。戦意高揚の旗を振った第一次世界大戦では、親族が六人も死亡した。それでもドイルは前途を悲観したことがない。いかなる不幸にも埋め合わせがあると、信じていたのである。

"If there is not some compensation hereafter, then the world is a cruel jest."

「もしも不幸に埋め合わせがないのならば、この世はあまりに残酷な茶番劇です」

『ベールの下宿人』

忍耐力のある者が存在すること、それ自体が、忍耐力のない世の中において、なにより貴重な教訓となる。

顔が傷ついたユージニアは、自分を噛み殺さなかったライオンを呪った。彼女を捨てたレオナルドを憎んだこともあったが、彼を殺人で告発する気にはなれなかった。ライオンの飼育の不手際ということで事件は落着。七年が過ぎてレオナルドは水泳中に溺死した。彼を破滅から救い、その死を知った今、ユージニアには生きる意欲もなくなった。

ユージニアには親族もいなければ、友人もいなかった。あるのは不自由なく暮らせる財産だけだった。彼女がいなくなっても、悲しむ者がなければ、財産の使い道もなかった。もちろん、明日への希望もない。目の前で服毒自殺しようとするユージニアに、「忍耐力のある者が存在すること、それ自体が、忍耐力のない世の中において、なにより貴重な教訓となるのです」と、ホームズは説いた。しかし、ベールに隠された顔を見せられ、あなたには耐えられるかと訊かれたとき、もはやホームズに返す言葉はなかった。

あまり知られていないが、ドイルの心霊主義に関連した悲劇がある。一九二二年、彼がニューヨークのカーネギー・ホールで、心霊主義の講演をした三日後、モード・ファンチャーという女性が子供を殺して、自殺をはかるという事件が生じた。心霊主義者だった彼女は困窮し、病に苦しんでいたことから、幸せな死後の世界に旅立とうとしたのである。これでは心霊主義が、自殺の奨励になりかねない。新聞はドイルを激しく非難した。しかるにドイルは事件前から、自殺が容認されないことを唱えていた。心霊主義によれば、病死や傷死した人々が、生前と同じように暮らしていることになっているので、『ベールの下宿人』のユージニアが死んだあとは、傷ついた顔が元に戻ることになりそうだ。その一方で自殺者は、死後に罰を受けることにもなっている。現世では報われずとも、死後の世界で報われるために、忍耐力をもって生き続けよということを、ドイルは訴えたかったようである。それにしても「忍耐力のない世の中」とは、なかなか私たちにも耳が痛い。

"The example of patient suffering is in itself the most precious of all lessons to an impatient world."

「忍耐力のある者が存在すること、それ自体が、忍耐力のない世の中において、なにより貴重な教訓となるのです」

『ベールの下宿人』

行為の道義性や妥当性については、意見を述べる立場にない。

破産寸前のロバート卿は、自分の持ち馬が出走するダービーに、人生のすべてを賭けていた。彼は夜になると納骨堂に出入りしているほか、屋敷の地下室で死体を焼いているらしい。馬の調教師メーソンに相談されたホームズは、納骨堂でロバート卿の妹ビアトリスの死体を発見。彼女の死亡が知られると、ダービーの前に持ち馬が債権者に差し押さえられてしまうため、ロバート卿は納骨堂の棺に納められた古い遺骸を焼き、そこにビアトリスの死体を隠したのだ。事情を聞いたホームズは、「行為の道義性や妥当性については、意見を述べる立場にありません」と、捜査から手を引くことにした。

道義性や妥当性の判断は主観的なものなので、一概には決められない。他者の行為が道義性や妥当性を欠いていると思っても、その人にはしかるべきい分があるのかもしれない。それゆえに、ホームズはロバート卿を非難すべきなのか、慎重にならざるをえなかった。道義性や妥当性をもって、自らの見解を押しつけることはできなかったのだ。

現実世界において、ドイルが他者の行為の道義性や妥当性を問わなかったのは、一九一六年のケースメント事件である。一九〇ページにふれたとおり、レオポルドニ世のコンゴ統治に関する情報をドイルにもたらしたのは、外交官のケースメント（叙爵されてロジャー卿）だったが、彼はその後にドイルをアイルランドの独立支持に転じさせた人物でもあった。しかし、平穏な独立を期待していたドイルに対し、ケースメントは第一次世界大戦中、ドイツの軍事的支援による独立を企図。彼はドイツから潜水艦で帰国したところを、身元が割れて逮捕された。もはやドイルにもケースメントを擁護する手だてはなかったが、それでも彼が精神異常者であるとして、助命嘆願運動をはじめた。愛国者を自認するドイルが、旧友を救うために、国家に対する裏切り行為に目をつぶったのだ。

アイルランドのダブリンにおける武装蜂起は、ドイツの支援が得られずに鎮圧され、ケースメントには国家反逆罪で死刑が宣告された。法廷における堂々とした陳述からして、彼が精神異常者でないことは明らかだった。彼はよい人物だったと、ドイルは処刑後に述懐している。

“As to the morality or decency of your conduct, it is not for me to express an opinion.”

「行為の道義性や妥当性については、意見を述べる立場にありません」

『ショスコム荘』

人生なんて虚しくつまらないものではないのかい。

画材商の経営から引退したアンバリー老人は、若く美しい妻を迎えたが、彼女は不倫相手の医師アーネストと結託。金庫室を荒らして、財産を持ち逃げしてしまった。悠々自適だったはずの老後がたちまちにして暗転。「人生なんて虚しくつまらないものではないのかい」と、ホームズがワトソンの前で同情してみせた。なにかをつかもうと手を伸ばし、つかんだのは影法師。いや、影法師ならばまだましで、苦悩をつかんでしまったのだ。

ホームズの代理でワトソンが訪問したとき、アンバリーはなにかをしていないと心が落ちつかないと、自宅のペンキ塗りに励んでいた。不審なものを感じたホームズは、にせ電報でアンバリーを遠方におびき出して留守宅に侵入。金庫室にはガス管が引かれていた。不倫を察知して嫉妬に狂った彼は、妻とアーネストを閉じ込めてからガスを流して二人を殺害。そのガス臭を消すためのペンキ塗りだった。そして、アンバリーは被害者だと世間に信じさせるべく、ホームズに事件解決を依頼したのである。

シリーズも『緋色の研究』（第一章）が発表されてから四十年。当初、ホームズは執筆時のドイルの年齢と同じく、二十七歳くらいに設定されていた。二人ともずいぶん年をとってしまった。最後期の作品は推理小説というよりも、人間ドラマが主題となっている。『最後の事件』（第四章）のモリアーティー教授や、『バスカービル家の犬』（第五章）のステープルトンのごとく、ホームズを震撼させるような好敵手はもはや登場せず、人間の弱さや愚かしさ、そして悲しさが強く描かれるようになる。

人生が虚しいものなればこそ生き甲斐を見出し、つまらないものなればこそ楽しく暮らしたくなってくる。なにかをしなければいけないような気になってくる。ホームズとても例外ではなさそうだ。天賦の才能を生かすために探偵となり、探偵として成功するために努力した。依頼人が不都合な事実を隠そうとしているとか、特段の事情がない限りは依頼を断ることもなかった。倦怠の日々を過ごすよりは、仕事で忙しい方を望んだ。すべては人生が虚しくつまらないものであるという観念に基づいている。だから、なにも悲観するには及ばない。虚しくつまらない人生なればこそ、ホームズには自力で未来を切り開いてゆこうとする意欲が生じたのだ。

“But is not all life pathetic and futile?”

「しかしねえ、人生なんて虚しくつまらないものではないのかい」

『引退した絵具屋』

終章
勉強に終わりはないね、ワトソン。一連の教程の最後に最大のものがある。

おそらく最もよく知られたホームズの名言であろう。一九六ページに記した「金も名声も得られないが、解決してみたいのだ」という言葉の、前置きとなるくだりである。出典の『赤い輪』(第八章)は最終話ではないが、これをドイルの遺言だと考える愛読者が少なくない。

最後に最大のものを学んで、一連の教程における勉強が修了すると解釈すれば、「勉強に終わりはない」と矛盾してしまう。だから、最大のものを学んだつもりでいても、それはまだ教程の途中における最大のものにすぎず、この先、さらに大きなものを学ぶという意味に解釈するのがよさそうである。ホームズほどの知識と経験を備えていても、やはり勉強に終わりはなかったのだ。

最大のものを学べば、勉強が終わってしまう。しかし、勉強に終わりはない。つまり最大のものは学べないのだが、もしも最大のものが存在するのならば、それは必ずやまだ見ぬ美しいものにちがいない。そのように信じればこそ、人は勉強を続けることができる。

ドイルもまた、彼なりに最大のものを学ぼうとしたようである。ドイル家は父祖の代から熱心なカトリック教徒だったが、彼は教義に疑問を抱いて棄教。徐々に心霊主義に傾倒していった。そして、第一次世界大戦中に心霊主義者であることを公表した。死者の霊と交信したところ、死後も生前と同じように暮らしていることが判明したという。

その結果、ドイルは死を恐れなくなった。まさに『はう男』（第九章）でホームズが口にした、「精神の崇高なる者は、より高きところに召されるを避けようとせず」である。亡くなるまでの十年あまり、総計で二十五万ポンド、現在の貨幣価値に換算して三十億円とも六十億円ともいわれる私財をつぎ込んで、心霊主義の普及に邁進した。一九三〇年、ドイルは七十一歳にして他界。心霊界への冒険に旅立った。葬儀には後妻のジーンをはじめ、喪服を着用しない参列者が多数いたという。訃報に際してアメリカのニューヨーク・ワールド誌が掲載したホームズのイラストには、「最大の冒険」という題が付されていた。

“Education never ends, Watson. It is a series of lessons with the greatest for the last.”

「勉強に終わりはないね、ワトソン。一連の教程の最後に最大のものがある」

『赤い輪』

皇太子時代に『ボヘミアの醜聞』（三九頁）や『ぶな屋敷』（七八頁）で揶揄された国王エドワード七世の好色ぶりを描いたフランスの風刺画。彼はパリの売春宿の常連客として有名だった。

あとがきにかえて

ドイルがホームズに名言を語らせた事情を探るべく、現実世界におけるドイルの素顔を本文中の随所に盛り込んだが、彼の生涯はあまり一般には知られていない。そこで、私人としてのドイル、作家としてのドイル、活動家としてのドイルに事跡を分け、七十一年に及ぶ人生を概括してみることにする。

官僚の子供なのに、裕福とはいえない家庭に育った。粗暴な父親を憎む一方で、温和な母親に尋常ならざる愛情を抱いた。父親を見限った母親の不倫が原因で一家離散した。開業医となったが、貧乏暮らしだった。結婚式の日、父親は精神病院に軟禁されていた。虚構の世界では母親を殺害したが、現実の世界では彼女に盲従した。ようやく売れっ子作家になったとき、苦労させた妻は不治の病に冒されていた。妻に内緒で若い恋人と交際し、彼女が死ぬまで十年も結婚できなかった。小説中ではカトリック教徒に同情したが、父祖の代から信仰したカトリックを棄教した。

作家デビューを果たしてから、投稿生活を脱するのに十年もかかった。オスカー・ワイルド著『ドリアン・グレーの肖像』との競作になったがために、せっかくの意欲作だった『四人の署名』（第二章）は注目されなかった。知りもしない貴族社会や競馬を小説の題材にして、間違いだらけの記述を嘲笑された。ウィンストン・チャーチルは盟友となったが、バーナード・ショーは宿敵となり、たびたび辛辣な批判を浴びせられた。不品行が目立つエドワード王太子を小説中で揶揄したところ、逆に洒落者の王太子には気に入られてしまった。文学者を志したのに、娯楽小説家の烙印を押され、世界一のベスト・セラー作家でありながら、ショーが受賞したノーベル文学賞（ドイルの死後にチャーチルも受賞）の候補にさえなれなかった。

好奇心に駆られて戦争見物に出かけたが、凄惨な現実を目の当たりにして慄然とした。衆議院議員選挙に二回も立候補して、いずれも落選した。望みもしないナイトへの叙爵を辞退できなかった。ベルギー国王に戦いを挑み、各国から非難された。冤罪事件であることを立証しようとして、司法の厚い壁に悩まされた。国家反逆罪で死刑判決を受けた旧友のために運動したが、貴族院議員への勅撰が絶望的となったばかりか、本人からも迷惑がられた。女性擁護の立場から離婚法を改正しようとしつつも、婦人参政権運動には反対し、騎士道精神の信奉者であったのにもかかわらず、女性蔑視論者と誤解された。ドイツ・オーストリアには好意的な感情を抱いていたが、両国はイギリスに敵対した。第一次世界大戦で、イギリス将兵の死亡率は八パーセント強だったのに、戦意高揚の旗振り役を務めたところ、出征した親族六人は全員が死亡した。心霊主義に傾倒し、普及活動に莫大な財産を費やしたが、長らく籍を置いていた心霊現象研究協会とは対立して脱会した。心霊写真や妖精写真にだまされた結果、世間からは狂人扱いされ、晩年は作家としての名声も傷ついた。

きりがないのでやめておこう。華麗にして波瀾万丈、そしてままならぬことの多かりし生涯だった。シャーロック・ホームズの著者とは、かような人物であった。負の部分ばかりを強調しすぎるというご批判はあるだろう。しかし、負の部分を抱えた苦労人だからこそ、コナン・ドイルがホームズに語らせた言葉は味わい深くなる。なに不自由なく育った秀才の甘ちゃんが、思いつきで口にした空虚な言葉とは比較にならないのだ。

一九三〇年の七月になると、七十一歳のドイルは持病の狭心症がいよいよ悪化した。そこで生あるうちにと、霊媒師を取り締まるために復活した魔女法を廃止させるべく、当時のクラインズ内相に面会。何度となく倒れそうになりながら、息も絶え絶えに陳情した。この場で心臓発作を起こすのではないかと、内相がはらはらするほどだった。これが現実世界における最後の冒険となり、消耗しきったドイルは、さらに偉大で栄誉ある冒険が待っていると書き残し、ついに死の床に就いた。しかし、ベッドに寝たままでは冒険に旅立てない。本人の希望により、家族はドイルを椅子にすわらせた。そして、七月七日の朝八時三十分、アーサー卿こと、コナン・ドイルは他界した。『四人の署名』で「今夜の七時に、いらっしゃい」という呼出し状を、メアリー・モースタンが受け取ったのと、奇しくも同じ日であった。刻限まであと十時間三十分。呼出し状の差出人が誰だったのかはさておき、ドイルは指定された時間に遅れなかっただろうか……。

主要参考文献

「わが思い出と冒険―コナン・ドイル自伝」
コナン・ドイル著／延原謙訳（新潮文庫、一九六五年）
「シャーロック・ホームズ事典」
ジャック・トレイシー編／各務三郎監訳（パシフィカ、一九八〇年）
「ヴィクトリア朝万華鏡」
高橋裕子・高橋達史著（新潮社、一九九三年）
「19世紀のロンドンはどんな匂いがしたのだろう」
ダニエル・プール著／片岡信訳（青土社、一九九七年）
「コナン・ドイル伝」
ダニエル・スタシャワー著／日暮雅通訳（東洋書林、二〇一〇年）

●著者紹介

諸兄 邦香（もろえ くにか）
1963年、東京に生まれる。証券会社を退職して著述・翻訳業。辞典や学習書の執筆を手がける。東京大学法学部卒。本名は田中立恒（たなか りつこう）。シャーロック・ホームズ関連書に「シャーロック・ホームズ 大人の楽しみ方」（アーク出版、2006年）。同オーディオブック版（パンローリング、2009年）。

シャーロック・ホームズからの言葉《ことば》
——名《めい》せりふで読《よ》むホームズ全作品《ぜんさくひん》

2010年11月22日　初版発行

著者
諸《もろ》兄《え》 邦《くに》香《か》

発行者
関戸 雅男

発行所
株式会社　研 究 社

〒102-8152　東京都千代田区富士見2-11-3
電話　営業（03）3288-7777（代）　編集（03）3288-7711（代）
振替　00150-9-26710
http://www.kenkyusha.co.jp/

KENKYUSHA
〈検印省略〉

印刷所
研究社印刷株式会社

装丁・デザイン・DTP
株式会社イオック（目崎智子）

ISBN 978-4-327-48157-5　C0097　Printed in Japan